Das Lächeln der Toskana

Kajsa Arnold

Verlag:
Zeilenfluss Verlagsgesellschaft mbH
Implerstraße 24
81371 München

Texte: Kajsa Arnold
Covergestaltung: Wolkenart
mw@wolkenart.com
Korrektorat: Dr. Andreas Fischer
Satz: Zeilenfluss

ISBN: 978-3-96714-252-5

Das Lächeln der *Toskana*

Liebesroman

Kajsa Arnold

Für Elfriede und Jupp

Ohne eure wahre Geschichte würde es diesen Roman gar nicht geben.

Danke dafür!

1

LONDON,

SEPTEMBER 2018

»Ein Haus?«

Ein kleines Lachen krabbelte ihr die Kehle hinauf, doch Giulia ließ es nicht heraus. Sie befahl ihrem Körper, sich ruhig zu verhalten, auch wenn sie innerlich bebte. »Toskana?«, wiederholte sie, nur um sich zu vergewissern, dass sie auch alles richtig verstanden hatte. »Nonna, seit wann hast du ein Haus in der Toskana? Und warum hast du das nie erwähnt?«

Sie faltete ihre Hände vor sich auf dem Tisch, um sie unter Kontrolle zu bekommen. Die Neuigkeit war aufregend, sehr aufregend sogar. Die Hände wollten nicht ruhig liegen bleiben und sie knibbelte an dem roten Lack.

Die ältere Dame, die vor dem Schreibtisch saß, hob die schmalen Schultern. »Du weißt doch, dass unsere Familie aus Italien stammt.«

Ihre Großmutter sah sie an, als wäre das alles keine zwei Worte wert.

»Nonna, natürlich weiß ich das, aber es beantwortet nicht meine Frage.«

Leise seufzte sie. »Als ich aus Italien fortging, habe ich

das Haus vollkommen vergessen. Es gehört meiner Familie, mein Bruder hat dort gelebt. Nun ist er gestorben, und mir gehört das Haus allein, da auch deine Mutter nicht mehr lebt, wird es dir gehören, wenn ich einmal nicht mehr bin. Aber ich denke nicht, dass du Interesse an einem Haus in der Toskana hast. Ich werde es verkaufen und dir das Geld schenken.«

Sie sagte es so gelassen, als würde sie ihrer Enkelin ein Gemälde ihrer Bildersammlung überlassen wollen.

Giulia winkte ab. »Nonna, das ist nicht notwendig. Es ist dein Geld.«

»Was soll ich damit, mein Kind? Mein Mann hat mir mehr Geld hinterlassen, als ich ausgeben kann. Du sollst das alles bekommen. Aber du musst etwas dafür tun. Eine Kleinigkeit.« Sie tat, als wäre es belanglos, doch Giulia kannte ihre Großmutter genau. Gerade diese einfachen, trivialen Sätze hatten es immer in sich. Deshalb achtete sie auf jede Nuance ihrer Betonung. Aufmerksam hob Giulia den Kopf. Sie musste zugeben, mit diesem Warten hatte sie ihre Neugier geweckt.

»Was für eine Kleinigkeit?«, fragte Giulia vorsichtig nach.

Umständlich öffnete Nonna ihre große Handtasche. Sie hatte ein Faible für ultragroße Taschen, die bei der zierlichen zweiundneunzigjährigen Frau etwas merkwürdig anmuteten. »Ich habe hier ein Schreiben des Notars, der den Verkauf für mich beglaubigen soll. Er hat bereits einen Käufer, der uns einen angemessenen Preis für das alles zahlen wird. Dem Käufer gehören bereits die umliegenden Grundstücke. Er ist Olivenhändler oder Gemüsebauer, so was in der Art. Ich möchte nur, dass du nach Castellaccio fährst und für mich den Verkauf abwickelst. Du bist Immobilienmaklerin und kennst dich damit aus. Für dich ist es ein Klacks, und dann sind wir den alten Kasten für immer los.«

In der Theorie hörte sich das alles so einfach an, in der Praxis sah es meistens ganz anders aus, das wusste Giulia aus Erfahrung, daher war sie skeptisch. »Ich kann hier nicht so einfach weg, Marta. Ich habe Termine.«

Giulia sah ihre Großmutter mit großen Augen an. Manchmal hatte sie das Gefühl, dass Nonna nicht so ganz ernst nahm, was sie hier tat. Dass sie einen richtigen Beruf hatte. Für Nonna gehörte eine italienische Frau in die Küche und wartete darauf, dass ihr Ehemann nach Hause kam. Dass Giulia nicht einmal über einen Anwärter verfügte, der diesen Posten eines schönen Tages einnehmen würde, nahm sie ihr wohl besonders krumm.

»Dann verschiebe deine Termine, Giulia«, erklärte sie pragmatisch.

»Nonna, das ist alles nicht so einfach.«

»Natürlich ist es das. Ich bin deine Klientin. Ich werde dich dafür bezahlen, dass du für mich in die Toskana fährst und dieses Haus verkaufst.« Sie reckte ihr Kinn vor. Wenn sie diesen Ausdruck zeigte, wusste man, dass mit ihr nicht zu spaßen war. Sie meinte es bitterernst. Sie würde nicht eher Ruhe geben, bis diese Angelegenheit erledigt und zu ihrer Zufriedenheit gelöst war.

Giulia musste schon zugeben, dass sie ein wenig neugierig war. Ein Haus in der Toskana, das hörte sich so romantisch an. Aber vermutlich war es nicht mehr als eine baufällige Hütte, dazu noch kaum erreichbar. Offenkundig war es wirklich das Beste, den Verkauf schnell abzuschließen und das Geld einzustreichen.

Ihr Blick ging zum Fenster, das ihr einen Ausblick auf das feinste englische Regenwetter bot. Ein bisschen Sonne würde ihr guttun. Sie war schon viel zu lange nicht mehr aus diesem Büro herausgekommen.

»Na gut. Ich werde mit Amanda sprechen. Ich nehme mir zwei Wochen Urlaub, um nach Italien zu reisen. Vorher wirst du eh keine Ruhe geben«, murmelte Giulia und sah Nonna demutsvoll an. Was sollte sie denn machen, sie war nun mal ihre Großmutter, der einzige Mensch, der von ihrer Familie noch übrig war. Sie würde ihr niemals das Herz brechen können.

»Molto bene«, sagte Nonna entschieden und erhob sich. Trotz ihres hohen Alters war Marta immer noch sehr mobil und gut zu Fuß, benötigte nicht einmal eine Gehhilfe.

Giulia trat um den Schreibtisch herum und beugte sich hinunter, küsste die Wangen ihrer Großmutter.

Nonna tätschelte ihre Hand.

»Du machst das schon, Cara mia«, erklärte sie voller Eifer und verließ mit einem wissenden Lächeln auf den Lippen das Büro.

»Das habe ich gesehen«, rief Giulia ihr hinterher, doch sie winkte nur, ohne sich umzudrehen. So war Nonna eben. Sie hatte den Dreh raus, dass sie immer genau das bekam, was sie wollte, wie sie es wollte.

»Es sind nur drei Termine, die du für mich übernehmen musst.« Giulia sah ihre Partnerin Amanda King bittend an. Sie waren Freundinnen seit der Schulzeit und hatten sich vor fünf Jahren gemeinsam als Immobilienmaklerinnen selbstständig gemacht. Mit viel Einsatz und harter Arbeit hatten sie sich einen guten Ruf in London erarbeitet, und der Laden brummte. Mittlerweile beschäftigten sie sogar zwei Angestellte. Nobelimmobilien gehörten zu ihrem Spezialgebiet. Teure Wohnungen und Häuser, in noblen Gegenden, zu unerhört hohen Preisen, mit High-Class-Ausstattung. Das Beste war gerade gut genug. Die Klientel war nervig und manchmal unausstehlich, aber eben reich und bereit, ihr Honorar zu bezahlen.

»Ich werde deine Termine an Jack weiterreichen. So wie es aussieht, sind es nur Besichtigungen, das schafft er spielend allein.« Amanda strich ihr hellblondes Haar aus dem Gesicht. »Was hast du denn so Geheimnisvolles vor?«

Giulia lachte. »Nichts Geheimnisvolles. Meine Nonna besitzt ein Haus in der Toskana, und sie möchte, dass ich mich um den Verkauf kümmere. Ich werde ein wenig Urlaub nehmen, schnell die Immobilie abwickeln und ein bisschen die Gegend erkunden. Es ist die Heimat meiner Familie, das könnte doch sehr interessant werden. Zuletzt war ich dort, als ich zehn Jahre alt war. Daran kann ich mich kaum erinnern. Nur, dass es der letzte Urlaub mit meiner Mutter war.«

Giulia sah Amanda traurig an.

»Das hört sich doch nach einer richtig guten Idee an«, befand Amanda und kaute auf ihrem Kugelschreiber. »Ich wünschte, ich könnte mit dir tauschen, aber bei mir stehen wichtige Termine an. Keine Chance, jetzt Urlaub zu nehmen. Außerdem können wir hier nicht gemeinsam die Segel streichen. Diese Hochzeitsplanung bringt mich noch um. Dabei heirate ich in einem halben Jahr. Ich befürchte, das erlebe ich gar nicht mehr. Ich wünschte, ich hätte auch eine Großmutter mit einem Haus in der Toskana.«

»Ich befürchte, dass Nonna aus irgendeinem speziellen Grund möchte, dass ich nach Castellaccio fahre und mich persönlich um den Verkauf kümmere. Na ja, ich bin auf den alten Kasten mal gespannt. Ich hoffe, dass er zumindest noch bewohnbar ist und ich mir kein Hotelzimmer suchen muss.«

»Fährst du mit dem Auto?«

»Nein, ich fliege nach Pisa und werde dann mit einem Leihwagen Richtung Livorno fahren. Dort in der näheren Umgebung steht das Haus. Ein Großgrundbesitzer will den Grund und Boden und das Haus kaufen. Ich denke, es wird keine Probleme geben. In hoffentlich zwei Tagen wird der

Deal abgeschlossen sein, und ich kann dann meinen Urlaub genießen. Es wird höchste Zeit, dass ich mal wieder aus London rauskomme. Ich kann mich an meinen letzten freien Tag gar nicht mehr erinnern.«

Amanda nickte nachdenklich. »Du musst wirklich mal hier raus. Ein Glück, dass du fließend Italienisch sprichst, diesen Italienern ist nicht zu trauen.«

Sie sah Giulia an, und dann lachten beide laut auf.

»Pass bloß auf, dass du nicht auf einen dieser heißblütigen Florentiner hereinfällst, dich verliebst und am Ende ganz in Italien bleibst«, warnte Amanda.

Lässig winkte Giulia ab. »Dazu besteht keine Veranlassung, sich Sorgen zu machen. So schnell verliere ich nicht meinen Verstand. Du weißt, ich bin sehr wählerisch. Ich glaube, der Mann meines Herzens muss erst noch geboren werden.«

Der Koffer war schnell entstaubt, doch dann hatte Giulia keine Ahnung, welche Kleidung sie einpacken sollte. Es war lange her, dass sie in Italien gewesen war. Damals war sie noch ein Kind, und es war Sommer. Jetzt, da der Herbst nahte, wurden die Temperaturen nach und nach kühler. Also packte sie zu Sommerkleidern auch lange Hosen, Blusen, Strickjacke und einen Hoodie ein. Länger als vierzehn Tage würde dieser Trip ja nicht dauern. Vielleicht konnte sie sich auch das eine oder andere neue Kleid gönnen. Die Wetter-App sagte ihr wunderbare fünfundzwanzig Grad und klare Sicht voraus. Na, dann hoffte sie mal, dass die App auch recht behielt.

. . .

Zwei Tage später musste sie an die Worte ihrer Freundin denken, dass man Italienern nicht trauen konnte, als sie am Flughafen von Pisa einen Leihwagen mieten wollte.

»Gib der Touristin die Karre mit der Beule. So wie sie aussieht, kann sie bestimmt kein Auto fahren«, rief der Angestellte der Autovermietung seiner Kollegin auf Italienisch zu, die sie bediente.

»Ich fahre sehr gut und das nicht nur im Linksverkehr«, antwortete Giulia im akzentfreien Italienisch. Die Mitarbeiterin lief rot an. »Ich möchte bitte einen Wagen, der in einwandfreiem Zustand ist. Einen Sportwagen, haben Sie so etwas da?«

»Ja natürlich, aber der kostet extra«, erklärte ihr die junge Frau und gab ihr den Pass zurück.

»Ist er ohne Beule zu bekommen?« Giulia ließ nicht locker und starrte dem Kollegen hinterher, der schnell das Weite suchte.

»Sicher. Wir haben ihn nagelneu hereinbekommen. Er ist tadellos, Signora.«

Giulia unterschrieb den Mietvertrag und nahm die Schlüssel entgegen, verließ den Stand, ohne sich zu bedanken. Unfreundlich konnte sie auch.

Sie gönnte sich etwas Besonderes. Einen Alfa Romeo Spider Cabriolet. Wenn sie schon mal in Italien war, dann wollte sie das gute Wetter genießen, auch wenn Giulia dafür eine Menge hinblättern musste. Nicht, dass Geld ihr egal war, aber sie hatte sich diese kurze Auszeit redlich verdient und wollte sich etwas Besonderes gönnen. Immerhin gab es niemanden in ihrem Leben, der dafür zuständig war, also musste sie sich selbst darum kümmern. Und dieses Auto schenkte ihr Momente des Glücks. Als sie sich hinter das Steuer setzte, war es wie ein Nachhausekommen. Sie war es gewohnt, einen Wagen mit Linkssteuerung zu fahren, auch wenn das in London nicht üblich war. Doch zu Hause fuhr sie meistens nur mit dem Taxi und kannte es eher aus dem Urlaub, selbst einen Wagen zu steuern. Und dabei hielt sie sich zumeist in Spanien oder Portugal auf, und dort herrschte Rechtsverkehr, die Mietwagen hatten das Lenkrad auf der linken Seite. Sie fuhr also untypisch, und doch war es ihr vertraut.

Über die E80 fuhr sie von Pisa aus Richtung Livorno, dann weiter nach Castellaccio. Bevor sie den Ortskern erreichte, bog sie in die Via di Fondacci ein, die sie bis zum Ende fuhr. Als plötzlich das Navi versagte, musste Giulia anhalten. Eigentlich ging es nur weiter geradeaus, trotzdem hielt sie an, um das Handy aus der Tasche zu kramen. Sie wollte im Internet nachsehen, ob sie noch richtig war.

Bist du schon da?

Diese Nachricht war auf dem Smartphone eingegangen.

Nonna.

Sie tippte eine kurze Antwort, dass sie noch auf dem Weg sei. Nonna schien ungeduldiger zu sein als Giulia selbst. Wenn sie nicht unter großer Flugangst leiden würde, hätte sie sie vermutlich begleitet. Giulia kontrollierte noch einmal das Navigationsgerät, doch irgendwie schien die Verbindung unterbrochen zu sein. In zwei Kilometern sollte die Abzweigung kommen.

Vorsichtig fuhr sie weiter und verpasste dann doch beinahe die Einfahrt zu dem Grundstück, die etwas verborgen zwischen einer Baumgruppe lag. Langsam rollte sie die Allee entlang. Der Weg war nicht befestigt, der Alfa rumpelte über den Kies, und sie versuchte, so wenig Staub wie möglich aufzuwirbeln. Nicht, dass sie am Ende noch einen Schaden an dem nagelneuen Wagen verursachte.

Als das Gebäude in Sicht kam, stoppte Giulia mit laufendem Motor. Das Haus lag auf einer kleinen Anhöhe, eine Reihe von Säulenzypressen wies den Weg. Oben angekommen, hatte man eine hervorragende Sicht auf das umliegende Tal. Es war ein beigefarbenes Steinhaus mit roten Dachschindeln, keine Holzhütte, wie sie vermutet hatte. Und vor allem war es nicht verfallen, sondern in einem hervorragenden Zustand. Gar nicht alt, sondern gut erhalten, riesengroß und wunderschön gelegen. Giulia musste zugeben, das hatte sie nicht erwartet, und kam aus dem Staunen nicht mehr heraus.

Den Wagen stellte sie vor dem Haus ab, neben anderen Autos, die dort parkten. Sie hatte nicht damit gerechnet, hier jemanden anzutreffen. Als sie ausstieg, hörte sie Musik, die aus dem Garten erklang, und lautes Gelächter. Neben dem Haus gab es einen Eingang in den Garten, das hüfthohe Holztor war geöffnet, der Rosenbogen mit Papierblumen behängt. Der Garten war bunt geschmückt, eine kleine Band stand auf einer Empore und spielte auf. Es gab lange Reihen von Tischen und Bänken. Hier war irgendein Fest im Gange. Giulia hoffte nicht, dass dies die Trauerfeier zu Onkel Fabrizios Beerdigung war. Da der Tod von Nonnas Bruder bereits Monate zurücklag, zog Giulia es weniger in Betracht, möglich war jedoch alles. Allerdings war die Stimmung wohl etwas zu ausgelassen für eine Beerdigung. Aber vielleicht wurden Beisetzungen in Italien anders begangen als in England.

»Ciao!« Ein Mann tauchte plötzlich vor ihr auf, musterte sie eingehend von oben bis unten, dann blieb er an ihrem Blick hängen. »Come stai?«, fragte er nicht besonders freundlich.

»Va bene«, antwortete Giulia. »Ich bin auf der Suche nach Signore Ribio. Er ist Notar und …«

»Sie sind Marta Roselly?«, fragte er ungläubig.

»Ich bin Giulia Roselly. Marta ist meine Großmutter und hat mich beauftragt, mich um den Verkauf des Grundbesitzes zu kümmern.«

»Giulia also.« Der Mann sah sie abschätzend an. »Hey, Mario! Hier ist jemand für dich!«, rief er laut und ließ sie dann ohne Erklärung einfach stehen.

Na, das war ja mal eine Begrüßung. Waren die Italiener nicht für ihre Gastfreundschaft bekannt? Sie wusste nicht, was sie erwartet hatte, so etwas allerdings nicht.

Ein älterer Mann kam auf Giulia zu. Er war klein und rundlich, zog an einer dicken Zigarre.

»Ah, Sie müssen Signorina Roselly aus London sein. Ich bin Mario … Mario Ribio. Ich habe mit Ihrer Großmutter korrespondiert. Sie hat Sie bereits angekündigt. Willkommen in Castellaccio.« Er zog Giulia in die Arme und küsste sie auf beide Wangen. Das war dann wohl das, was sie eher erwartet hatte, nur nicht so feucht.

»Kommen Sie, Signorina Roselly, feiern Sie mit uns.«

»Bitte nennen Sie mich doch Giulia. Was feiern Sie denn?«, fragte sie und blickte sich neugierig um.

»Die Hochzeit von Pietro. Bitte kommen Sie, feiern Sie mit uns, Giulia.«

»War das der Bräutigam?« Giulia deutete in die Richtung des Mannes, der ihr gerade begegnet war. Er trug eine schwarze Anzughose und ein weißes Hemd, beides saß knapp auf seinen schlanken Hüften, sodass die Konturen deutlich hervortraten. Sein Oberkörper war beeindruckend breit, ebenso seine Oberarme, an denen sich der Stoff des Hemds spannte.

»Luc? Nein, er ist der Bruder des Bräutigams. Luc ist kein Mann, der sich zum Ehemann eignet«, erklärte Ribio knapp.

Kein Wunder bei seinem einnehmenden Wesen, ging es Giulia durch den Kopf.

»Luc hat es uns erlaubt, hier zu feiern. Hier haben wir genug Platz für alle Gäste.«

»So, hat er das?«, fragte sie nach.

»Ja, er lebt schon sein ganzes Leben hier, hat sich bis zuletzt um Fabrizio gekümmert, bis zu dessen Tod.«

Überrascht sah sie sich um. Warum hatte Fabrizio nicht Luc alles hinterlassen?

»Und dieser Luc erbt nichts?«, wollte sie wissen.

»Nein, Fabrizio wollte, dass alles in der Familie bleibt, und Marta ist nun mal die nächste Verwandte.«

»Und ich die von Marta«, murmele Giulia gedankenverloren.

»Ja, so schließt sich der Reigen. Kommen Sie, Giulia, feiern Sie mit uns, seien Sie unser Gast. Sie kommen genau zum richtigen Zeitpunkt.«

Er zog sie in die Menge, und sie beglückwünschte das Brautpaar. Pietro und Silva waren noch jung, sahen sehr glücklich aus. Beide waren geschätzt Mitte zwanzig. Sie begrüßten Giulia wie eine alte Freundin, obwohl sie sich gar nicht kannten. Auch die restliche Familie und die Freunde nahmen sie in ihre Gemeinschaft auf, brachten ihr Essen vom Buffet und schenkten ihr Wein ein. Sie musste eine Menge Fragen beantworten, woher sie kam, wie es ihr in London gefiel, ob sie nicht lieber in Italien leben wollte. Sie war total überfordert von so viel Freundlichkeit und konnte sich dem jedoch nicht entziehen. Es war ansteckend, und sie erzählte viel, was sonst gar nicht so ihre Art war. Sie trank Wein, der leicht und bekömmlich war, sang italienische Lieder mit, die sie kannte, weil Nonna sie ihr beigebracht hatte. Die Zeit verging wie im Flug. Sie erfuhr, dass Pietro und dieser Luc Halbbrüder waren. Ihre Mutter war kurz nach Pietros Geburt gestorben. Da es keinen Brautvater gab, fragte Giulia sich, wer wohl die beiden Jungen großgezogen hatte. Ob sich Fabrizio um die zwei gekümmert hatte? Sie bemerkte, dass sie sehr wenig über ihre eigene Familie wusste. Marta hatte sich bisher immer mit Informationen sehr zurückgehalten. Doch je mehr Wein sie trank, umso mehr verdrängte sie die Fragen und feierte ausgelassen mit.

Das alles tat sie, ohne zu wissen, wo sie die Nacht verbringen sollte. Aber es war ihr plötzlich egal. Sie genoss den Abend und das Leben, und als es langsam dunkel wurde, legte sich auch die ausgelassene Stimmung, und es wurde ruhiger. Pietro und Silva eröffneten den Tanz, und Mario forderte Giulia auf, mit ihm zu tanzen. Sie tat ihm den Gefallen. Er war seit drei Jahren Witwer, erzählte er ihr, und nicht nur Anwalt und Notar im Ort, sondern auch der Bürgermeister. Vermutlich gab es niemanden hier, der ihn nicht kannte.

»Wo kann ich eigentlich übernachten, Mario?«, fragte Giulia ihn, als sie nur noch in einer kleinen Gruppe zusammensaßen. »Gibt es in Castellaccio ein Hotel, das Sie empfehlen können?«

»Sie können hier auf dem Weingut schlafen. Der große Kasten hat mehr als genug Zimmer. Anna hat bereits eines für Sie herrichten lassen«, informierte er sie.

»Anna?«

»Ja, sie lebt bereits ihr ganzes Leben auf dem Gut, das schon seit mehr als siebzig Jahren. Sie ist die Haushälterin und gute Seele des Hauses.«

»Wenn ich hier niemanden störe«, sagte Giulia kleinlaut und sah in die Runde.

»Das Haus steht praktisch leer, Giulia, wen sollten Sie stören?« Mario zog an seiner Zigarre, die er gefühlsmäßig den ganzen Abend bei sich trug. »Luc! Komm zu uns!« Er winkte dem unfreundlichen Bruder des Bräutigams zu, der abseits der Gruppe saß und ein Bier trank.

Er hob den Kopf und fixierte Giulia kurz. Oh Gott! Wenn Blicke töten könnten, würde sie jetzt vermutlich vom Stuhl fallen.

»Komm schon Luc, Giulia beißt nicht. Spiel etwas für uns.«

Er zögerte, und Giulia fragte sich, ob sie es war, die für seine schlechte Laune verantwortlich war. Letztendlich nahm er eine Gitarre von der provisorischen Bühne und kam langsam zu ihnen herüber. Sein schulterlanges lockiges Haar trug er mittlerweile zu einem Man Bun gebunden. Auf seinem Gesicht hatte sich ein leichter Bartschatten gebildet und ließ seine gebräunte Haut noch dunkler erscheinen. Seine Bewegungen waren denen einer Raubkatze ähnlich. Er war ein schöner Mann. Groß gewachsen, mit langen Beinen, schmalen Hüften und einem beeindruckend breiten Oberkörper. Er sah aus, als wäre er harte Arbeit gewohnt.

Er ließ sich auf einen Stuhl am anderen Ende des Tisches nieder, und Giulia atmete erleichtert aus, dass eine ganze Tischlänge zwischen ihnen lag. Kurz stimmte er das Instrument, dann ließ er eine langsame Melodie erklingen, die einem sofort zu Herzen ging. Giulia kannte sie. Es war ein Lied von *Zucchero*. *Diamante*, wenn sie sich nicht täuschte. Die Gespräche um sie herum verstummten, und alle lauschten Lucs Gitarrenspiel. Als er plötzlich zu singen begann, bekam Giulia eine Gänsehaut. Seine Stimme war sanft, stand ganz im Gegensatz zu diesem so abweisenden Mann. Er war auf sein Spiel und das Singen konzentriert, schloss dabei die Augen. Gab sich vollkommen der Melodie hin und wippte leicht mit dem Kopf. Er sang leise, doch jedes Wort gut verständlich, und er hatte ein Timbre, das man so schnell nicht vergaß. Giulia war ganz gefangen von dem Lied, der Atmosphäre und dieser sanften Klangfarbe der Stimme. Als der letzte Akkord verhallte, entstand für Sekunden eine Stille, dann applaudierten alle.

Verdammt, war er gut. Wirklich gut.

Als hörte er ihre gedachten Worte, hob Luc den Kopf und blickte sie geradewegs an. Das Schwarz seiner Augen ließ sie hart schlucken und bannte Giulia geradezu. Es war buchstäblich unheimlich, welche Verbindung zwischen ihnen entstand.

Erst als Giulia die Spannung nicht mehr ertrug, schaute sie weg und unterbrach diesen Kontakt. Der Bann war gebrochen. Giulia hoffte, dass niemand das mitbekommen hatte. Es war ihr peinlich. Was dachte er wohl von ihr?

»Ich denke, ich sollte zu Bett gehen.« Giulia blickte auf ihre Armbanduhr. Sie war mehr als achtzehn Stunden auf den Beinen gewesen und gähnte hinter vorgehaltener Hand. »Es war ein langer Tag für mich, und ich möchte Sie mit Ihrer Familie noch ein wenig allein lassen«, erklärte sie Mario gegenüber.

»Ich bringe Sie zu Anna. Sie wird Ihnen ein Zimmer geben«, sagte er und drückte seine Zigarre in einem Aschenbecher aus.

»Das ist sehr freundlich, Mario. Wann haben Sie Zeit, dass wir uns wegen des Verkaufs zusammensetzen?«, fragte Giulia und holte ihren Koffer und die Reisetasche aus dem Kofferraum, zu dem Mario sie begleitet hatte.

»Sie haben da einen tollen Wagen.« Er ging um das Auto herum, sah es sich von allen Seiten genau an.

»Das ist nur ein Leihwagen, den muss ich wieder zurückgeben, leider. Mir gefällt er auch, und er lässt sich super fahren.« Man hörte die Begeisterung in Giulias Stimme, und sie lächelte verlegen. Als sie eine Bewegung wahrnahm, sah sie Luc, der sie im Schatten der Bäume heimlich beobachtete.

»Jetzt kommen Sie doch erst einmal hier richtig an. Die Toskana ist ein wunderschöner Fleck Erde. Da lohnt es sich, genauer hinzusehen. Das kann man nicht an einem Tag. Sie sollten sich mehr Zeit lassen, und dann werden Sie feststellen, dass Sie gar nicht mehr wegwollen.«

Giulia winkte lachend ab. »Oh doch, Mario. Ich muss wieder weg. Ich habe in London eine Firma, ich kann nicht so einfach alles hinter mir lassen.«

»Wenn man sein Herz an einen Ort verliert, dann muss man seinem Herzen folgen. Sie werden schon sehen, dieser

Fleck hier ist ein ganz besonderer. Er lässt einen nicht mehr los.« Mario ließ sich nicht beirren. Er nahm ihr das Gepäck ab und lief voran. »Kommen Sie, Giulia! Lernen Sie Anna kennen. Sie wird froh sein, wenn es einen Gast gibt, um den sie sich kümmern kann.«

Als Giulia sich unsicher umsah, war Lucs Gestalt verschwunden.

2

CASTELLACCIO,

SEPTEMBER 2018

Anna war eine kleine Frau, die Giulia an Nonna erinnerte. Sie schien jedoch ein wenig jünger zu sein. Als Giulia und Mario die Küche betraten, war sie gerade mit dem Abwasch fertig und trocknete ihre Hände an einem gestreiften Handtuch ab. Ihre Augen hatten einen freundlichen Zug.

»Du bist also die kleine Giulia! Groß bist du geworden. Ich kann mich noch gut daran erinnern, als du das letzte Mal hier warst«, sagte Anna und musterte Giulia eingehend.

Sie hatte kaum Erinnerungen daran, dass sie schon mal hier gewesen war. Es war einfach zu lange her und Giulia damals noch zu jung gewesen.

»Ich wollte, ich hätte ebenfalls Erinnerungen daran«, sagte Giulia bedauernd und reichte der Frau die Hand. Sie hatte einen festen Händedruck, der von ehrlicher und harter Arbeit zeugte.

»Ich werde deine Erinnerungen schon wieder hervorholen, mein Kind.« Anna lächelte selbstsicher. Sie hatte weißes Haar, das sie zu einem Dutt gebunden trug. Ihre Augen hatten einen sanften Braunton. Die Fältchen in ihrem Gesicht waren dem Wetter geschuldet. »Ich freue mich, dass du wieder hier bist. Warum hast du Marta nicht mitgebracht? Es geht ihr doch wohl gut?«, fragte sie besorgt.

»Ja, natürlich. Nonna steigt aber nicht mehr in ein Flugzeug, daher hat sie mich geschickt.«

»Sie ist noch nicht einmal zur Beerdigung gekommen. Es wäre an der Zeit gewesen, den Streit zwischen ihr und Fabrizio beizulegen. Nun ist er gestorben, und man kann es nicht mehr gutmachen.« Anna schüttelte den Kopf.

Giulia fragte sich, von welchem Streit die Rede war, doch das würde sie nicht mehr heute Nacht klären, dafür war sie einfach zu müde.

»Komm, mein Kind, ich zeige dir das Zimmer, das ich für dich vorbereitet habe. Schlaf dich aus, und morgen schaut die Welt schon ganz anders aus. Du siehst müde aus.« Sie ging in den Flur und eine breite Treppe in den ersten Stock hinauf. Giulia folgte ihr, und Mario schleppte das Gepäck in ein Zimmer, das auf den ersten Blick nicht besonders groß war. Das war Giulia jedoch egal, Hauptsache, es gab ein Bett.

»Es ist nicht das größte Zimmer im Haus, dafür hat es einen wundervollen Blick in den Garten. Du wirst morgen früh von der Sonne geweckt. Schlaf dich richtig aus, mein Kind. Ich sehe, dass du es gebrauchen kannst.« Anna musterte sie skeptisch.

Giulia hatte nicht vor, bis in die Puppen im Bett zu liegen, nickte allerdings, weil sie so müde war.

»Wir lassen das Kind jetzt allein.« Anna scheuchte Mario aus dem Zimmer. »Schlaf gut, Giulia. Buona notte.« Dann schloss sie hinter sich die Tür, und Giulia war allein.

»Buona notte«, rief Giulia der geschlossenen Tür zu.

Die plötzliche Stille surrte laut in ihren Ohren. Das konnte nur die Müdigkeit sein. Kurz schaute sie sich im Zimmer um. Das Bett sah gemütlich aus. Ein einfaches Holzbett mit einer dicken Daunendecke, gehüllt in weiße Bettwäsche, die dazu einlud, sich einfach fallen zu lassen. Es gab vor dem Fenster, an dem luftige weiße Gardinen hingen, einen Tisch mit zwei Sesseln, die zwar nicht zusammengehörten, aber mit ihren bunten Farben eine perfekte Einheit bildeten. Der Schrank und die Kommode waren aus dem gleichen Holz wie das Bett gefertigt. Auch der Nachttisch gehörte dazu. Über der Kommode hing ein Bild mit einer Landschaft in kräftigen grünen und violetten Tönen. Alles in allem war der Raum wirklich nicht sehr groß, aber äußerst gemütlich. Ihr Gepäck ließ sie jedoch neben der Tür stehen, das würde sie morgen auspacken, dafür brachte sie jetzt keine Energie mehr auf. Sie zog sich schnell aus und fiel so, wie sie war, einfach ins Bett und war augenblicklich eingeschlafen.

Als Giulia die Augen öffnete, war es immer noch dunkel im Zimmer. Sie brauchte einige Zeit, bis ihr klar wurde, dass die Fensterläden geschlossen waren, die so die Sonne draußen hielten. Erschrocken blickte sie auf ihre Armbanduhr. Halb elf am Morgen. So lange hatte sie schon ewig nicht mehr geschlafen. Schnell stand sie auf, wollte die Läden öffnen, schloss sie aber sofort wieder, als die heiße Sonne in den Raum schien. Es waren draußen mindestens dreißig Grad, für Italiener vermutlich normal, doch als Engländerin, die eher kühle siebzehn Grad und Regen gewohnt war, musste sie sich erst einmal daran gewöhnen.

Schnell packte sie ihre Koffer aus, nahm den Kulturbeutel und machte sich auf die Suche nach dem Badezimmer. Sie fand es am Ende des Gangs. Es war erstaunlich modern ausgestattet. Alles schien neu. Die Wände waren mit rauen Felssteinen verkleidet. Das Waschbecken aus einem großen Stein gehauen. Der Boden der Regendusche mit rutschfesten glitzernden Steinen ausgelegt, die wie Kohle glänzten. Da es zwei Waschbecken gab, stellte sie an einem den Becher mit Zahnbürste und Paste ab, verteilte auf der Ablage ihre Cremes und Utensilien, die sie jeden Tag benötigte. Den Rest ließ sie in der Tasche. Schnell sprang sie unter die Dusche und fand in einem Schrank frische Handtücher.

Nachdem sie geduscht hatte, föhnte sie das Haar trocken und huschte dann wieder in ihr Zimmer. Aus dem Erdgeschoss waren Stimmen zu hören. Natürlich waren alle schon auf den Beinen, es ging ja schon fast auf Mittag zu. Giulia entschied sich für ein leichtes geblümtes Sommerkleid. Eigentlich hatte sie es gar nicht mitnehmen wollen, doch nun war sie froh, dass sie es eingepackt hatte. Dazu zog sie flache Ballerinas an und lief die Treppe hinunter ins Erdgeschoss. Sie folgte den Stimmen, die aus der Küche kamen, und betrat gut gelaunt den Raum.

»Buon giorno, Anna«, sagte sie und blieb wie angewurzelt stehen, als die Stimmen verstummten. Sie hatte das Gefühl, als wäre sie Gegenstand der Unterhaltung gewesen.

Anna nickte ihr zu und wandte sich ab. Es gab aber noch einen weiteren Besucher in der Küche, der sie stumm anstarrte.

»Guten Morgen, ich glaube, wir wurden uns noch nicht vorgestellt. Ich bin Giulia Roselly.« Sie hielt ihm die Hand entgegen und wartete darauf, dass er sie ergriff.

Luc blickte auf die Hand, als wollte Giulia ihn damit vergiften. Als sie sie schon zurückziehen wollte, ergriff er sie schnell.

»Luc Braga. Wir sind uns gestern kurz begegnet«, erklärte er, wohl um etwas zu sagen.

Giulia nickte. »Ja, sind wir.«

Sie sah zu Anna, die beide mit großen Augen anblickte.

»Möchtest du frühstücken?«, fragte Anna und nahm bereits einen Teller aus dem Schrank.

»Wir frühstücken um sechs Uhr«, brummte Luc, drehte sich um und verließ die Küche.

»Aber nicht unsere Gäste«, rief Anna ihm hinterher.

Giulia fühlte sich unwohl. Luc schien nicht begeistert zu sein, dass sie in Castellaccio war.

Anna winkte ab. »Achte nicht auf Luc, vor Sonnenuntergang hat er immer schlechte Laune.«

»Ach, und ich dachte schon, es läge an mir.« Sie versuchte sich an einem Lächeln.

»Du darfst das nicht so ernst nehmen. Luc hat gehofft, dass er das Anwesen einmal erben würde.«

Das konnte Giulia gut verstehen.

»Er ist hier aufgewachsen und hat sein ganzes Leben hier verbracht. Er hat das Weingut zu dem gemacht, was es jetzt ist.« Anna hob die Schultern, als würde das alles erklären. Sie schnitt frisch gebackenes Brot ab, holte Butter, Käse und Milch aus dem Kühlschrank und stellte alles auf den großen Küchentisch, an dem Giulia sich niederließ.

»Vielen Dank, Anna. Du musst das nicht für mich tun.« Es war ihr nicht recht, bedient zu werden.

»Das ist meine Aufgabe, und ich bin froh, dass mal wieder jemand hier ist. Seit Fabrizio nicht mehr unter uns ist, ist es hier sehr still geworden. Früher hatten wir viele Gäste, die das Weingut besucht haben. Doch Luc will keine Fremden mehr hierhaben, dabei ist es nicht gut fürs Geschäft.«

Giulia beschmierte das Brot mit Butter und legte dann den frischen Käse auf, goss sich eine Tasse Milch ein. Der erste Bissen war unglaublich. Es schmeckte alles so frisch, ganz anders als sie es gewohnt war. Leise stöhnte sie auf. »Mein Gott, schmeckt das gut.«

Ein Lächeln huschte über Annas Gesicht. »Ist alles aus eigener Herstellung. Luc hat viele Talente.«

»Luc hat den Käse gemacht?«, fragte Giulia, als könnte sie es nicht glauben.

Anna nickte. »Und das Brot gebacken. Er hat eine Bäckerlehre in Rom absolviert, ist aber nach drei Jahren zurückgekehrt. Ihm hat Castellaccio gefehlt. Seitdem ist er nicht mehr weggegangen. Er hat bei deinem Onkel eine Winzerlehre gemacht und mit Bravour bestanden. Er hat so viele Talente und sollte hinaus in die Welt, doch er will hierbleiben. Der Mann hat seinen eigenen Kopf und lässt sich nichts sagen.«

»Ich werde morgen früher aufstehen. Es tut mir leid, dass ich heute so lange geschlafen habe«, gab Giulia zu.

»Ach was.« Anna winkte ab. »Du hast doch Urlaub und solltest ihn genießen. Hör nicht darauf, was Luc sagt.«

»Genau genommen habe ich noch keinen Urlaub. Erst, wenn das Anwesen verkauft ist, beginnt er. Kennst du den Interessenten, der das hier alles kaufen will?«

Anna erhob sich von ihrem Stuhl, auf dem sie sich Giulia gegenübergesetzt hatte, und hantierte mit einigen Töpfen herum.

»Ja«, gab sie merkwürdig einsilbig zu. »Ich muss mich jetzt um das Mittagessen kümmern«, erklärte sie gewichtig.

Giulia trank einen Schluck Milch, und so etwas wie eine Kindheitserinnerung keimte in ihr auf. Es war kaum zu glauben, dass diese Geschmäcker und die Düfte sie in ihre Kindheit katapultierten. Wie ein Déjà-vu, das die Erinnerung an längst Vergessenes zurückbrachte.

»Und wie ist dieser Käufer so? Was hältst du von ihm?«, wollte Giulia wissen.

Anna hob die Schultern, ohne sie anzusehen. »Er ist kein einfacher Mann. Aber alle in der Gegend achten ihn.«

»Bist du der Meinung, dass ich verkaufen sollte? Also, ich meine, ob Marta verkaufen sollte. Ihr gehören ja das Haus und die Felder.«

»Wie geht es Marta?«, fragte Anna statt einer Antwort. Sie brachte so das Gespräch vom eigentlichen Thema ab, das war Giulia bewusst, aber sie beließ es dabei, vorerst.

»Nonna geht es gut. Sie ist natürlich nicht mehr die Jüngste, aber du kennst sie ja. Was sie sich in den Kopf setzt,

setzt sie durch, mit allen Mitteln.« Giulia lachte leise, als sie daran dachte, wie sie Giulia dazu gebracht hatte, nach Italien zu fliegen.

Anna drehte sich zu Giulia um und nickte. »Ja, das hört sich ganz nach Marta an.«

Mit großen Schritten lief Luc in den Garten, wo seine Männer dabei waren, die Bühne abzubauen. Pietro war mit Silva schon früh am Morgen zum Flughafen aufgebrochen. Sie verbrachten ihre Flitterwochen in Venedig. Luc schnaufte. Das war ganz schön kitschig. Er hatte dem Paar diese Reise geschenkt. Es war Annas Idee gewesen. Allein hätte er sich wohl niemals für so ein sentimentales Geschenk entschieden. Doch Anna hatte recht behalten, und sein Bruder und Silva hatten sich sehr darüber gefreut. Jetzt fehlten ihm gleich zwei Mitarbeiter, und er musste zusehen, wie er die helfenden Hände ersetzte. Dann tauchte auch noch diese Engländerin hier auf und brachte alles durcheinander.

Wie ähnlich sie ihrer Großmutter sah. Er kannte Marta von Bildern, die Fabrizio im Haus verteilt hatte. Seit er gestorben war, hatte Luc das kleine Häuschen nicht mehr betreten. Anna hatte dafür gesorgt, dass Fabrizios persönliche Sachen eingelagert wurden. Das Haus sollte für Gäste umgebaut werden, doch er hatte noch keine Zeit gefunden, sich darum zu kümmern. Jetzt, da die Ernte anstand und dazu auch noch Pietro und Silva fehlten, würde er ohnehin keine Zeit dazu finden. Das Projekt würde er im nächsten Jahr angehen. Es gab für alles seine Zeit.

»Wie weit seid ihr?«, rief er seinen Arbeitern zu. Es wurde Zeit, dass sie wieder auf die Felder kamen. Die Oliven waren reif.

»Fast fertig, Luc! Wir bringen nur noch die Bänke zurück ins Dorf!«, rief ihm Alessio zu. Er war der Sohn von Mario und arbeitete bereits einige Jahre für Luc. Alessio war ein guter Arbeiter, konnte hart anpacken, doch trank er manchmal zu viel und hatte ständig irgendwelche Frauengeschichten, die ihn von der Arbeit abhielten. Er winkte Alessio zu und verließ den Garten, der zum Haupthaus gehörte, wandte sich der Kellerei zu. Es hatte Lieferschwierigkeiten mit neuen Flaschen gegeben, und er wollte hören, ob die Lieferung mittlerweile angekommen war. In der letzten Zeit wurden alle Rohstoffe knapper, was sich auf den Preis auswirkte. Wenn das so weiterging, musste er die Preissteigerungen an die Endkunden weitergeben, das würde sich auf den Verkauf auswirken. Es war ein verdammter Teufelskreis, aus dem es kein Entrinnen gab. Aber was sollte er machen?

Er fand die Kellerei verlassen vor, sah aber große Kartons in der Ecke stehen, die noch ausgepackt werden mussten. Sie hatten zumindest eine Lieferung bekommen. Das hob seine Laune. Er schloss die Tür hinter sich und wandte sich dem Weg zu, der zu den Feldern und Wiesen führte, wo der Wein angebaut und die Oliven bald geerntet wurden. In zehn Tagen, wenn Pietro aus den Flitterwochen zurück war, ging es los. Bis dahin war es noch relativ ruhig auf dem Weingut. Danach würde wie jedes Jahr die Hölle losbrechen. Arbeit, bis die Sonne unterging, für ihn darüber hinaus. Viele seiner Kollegen hatten bereits mit der Ernte der Frühsorten begonnen, doch Luc setzte auf die Spätsorte Sangiovese, woraus sie Chianti classico und Brunello di Montalcino herstellten. Ihr Wein hatte bereits einige Preise errungen, und Luc konnte stolz auf seine Arbeit sein. Doch sich auf seinen Lorbeeren ausruhen war nicht sein Ding. Er wollte mehr. Immer besser werden.

Ebenso sah es mit dem Olivenöl aus. Während Pietro für die Weinreben zuständig war, kümmerte er sich um die Ernte der Oliven und die Herstellung des nativen Öls mit dem Prädikat *extra vergine*. Er liebte es fruchtig, mit einem Hauch von Artischocke und Mandel. Das grüne Öl mit goldenen Reflexen war der ideale Begleiter für Gerichte wie frische Salate, gebratenes Fleisch, gegrillten Fisch, edlen Schafskäse oder Carpaccio vom Rind. Es war sein flüssiges Gold. Die Ernte der Früchte hatte aber noch Zeit. Sie würde frühestens in einem Monat beginnen. Noch waren die Oliven nicht ganz reif.

Luc blickte zu den Wiesen hinüber, mit den Olivenbäumen, dort, wo Fabrizios Haus stand. Auf der anderen Seite fingen die Hänge der Weinreben an. Sie bildeten erst eine Grenze am Horizont. Das war eine Menge Arbeit. Ein Teil wurde mit Maschinen geerntet, doch der größere, der für den guten Wein, wurde noch mit der Hand gelesen. So war es immer gewesen, und so würde es Luc für immer halten. Selbst wenn er auf Knien rutschen müsste. Das gebot seine Ehre, der Respekt vor den Trauben, die das Land hier ernährten. Er hatte Hochachtung vor der Natur und unterschätzte sie nie. Er wäre dumm, würde er es tun.

Sein Blick wanderte zurück zu dem Haus, und es war ihm, als würde die Tür offenstehen, dabei war er sicher, dass er sie beim letzten Mal geschlossen hatte. War dort jemand unbefugt eingedrungen? Im Grunde war es nicht möglich. Hier konnte niemand herein, man musste schon über den Hauptweg kommen, um sich Zutritt zum Gelände zu verschaffen. Aber man wusste ja nie.

3

CASTELLACCIO,

SEPTEMBER 2018

Giulia hatte das Frühstück beendet und räumte das Geschirr in das Waschbecken, ließ Wasser ein.

»Du kannst das Geschirr stehen lassen. Ich packe es gleich in die Spülmaschine. Ich muss nicht mehr alles mit der Hand spülen. Luc hat sie mir gekauft«, erzählte Anna voller Stolz.

»Bist du sicher? Die paar Teile kann ich auch schnell so abwaschen.«

»Nein, nein, lass mal.« Anna winkte ab. »Ich koche jeden Tag für Arbeiter, da kommt eine Menge zusammen.«

»Hat Fabrizio das Haus so eingerichtet?«, fragte Giulia und sah sich neugierig um.

»Nein, Fabrizio hat hier nie gelebt. Er hat immer in seinem Haus bei den Olivenhainen gewohnt. Dort ist er auch gestorben. Du kannst es dir gerne ansehen. Die Tür steht immer offen.«

»Wie komme ich dahin?«

Anna deutete aus dem Fenster. »Du folgst dem Kiesweg zu den Weinbergen, lässt sie aber links liegen und nimmst die erste Abzweigung rechts, zu den Olivenhainen, dann siehst du schon das Haus. Es ist eher eine kleine Hütte, wenn man es mit diesem Kasten vergleicht. Deine Großmutter ist dort zur Welt gekommen, so wie Fabrizio auch, und dort aufgewachsen. Vor einigen Jahren wurde es modernisiert, bis dahin musste man das Wasser sogar aus dem Brunnen holen. Aber er hat das Haus geliebt.«

Anna schien wirklich über alles Bescheid zu wissen. Sie würde ihr eine Menge erklären können, doch Giulia wollte nicht zu neugierig erscheinen. Sie machte sich lieber selbst ein Bild. »Gut, dann werde ich einen kleinen Spaziergang unternehmen und mir das Haus einmal ansehen.«

»Soll dich jemand begleiten?« Anna wischte ihre Hände an der Schürze ab, nachdem sie Teig für einen Brotlaib geknetet hatte.

»Nein, das wird nicht notwendig sein. Ich denke nicht, dass ich mich hier verlaufen kann. Wenn ich bis zum Abendessen nicht zurück bin, kannst du eine Suchaktion starten«, meinte Giulia mit einem Lächeln und winkte zum Abschied.

Sie musste zugeben, dass sie die Entfernung etwas unterschätzt hatte. Der Weg an den Weinbergen entlang zog sich, bis sie die Abzweigung zu den Olivenhainen entdeckte. Das Anwesen war größer, als sie vermutet hatte. Nonna hatte ihr da wohl nicht die ganze Wahrheit erzählt. Das war typisch für sie. Man musste immer auf Überraschungen vorbereitet sein. Wie hatte sie das alles hier nur verlassen können, um in London zu leben? Ihr Mann war dort Richter gewesen, sie lebte in einem wunderschönen Haus im Ortsteil Mayfair, dennoch war es nicht mit der Toskana zu vergleichen.

Nach einiger Zeit kam das kleine Steinhaus in Sicht. Ein unbefestigter Weg führte zum Eingang. Der hellgelbe Stein war verwittert, das Dach mit den Schindeln fiel leicht flach ab. Giulia schätzte den Grundriss des Hauses auf ungefähr einhundertdreißig Quadratmeter. Es war nicht besonders hoch, sodass es wohl nur ein Obergeschoss besaß. Sie blickte durch eine der Glastüren, die zu der Terrasse führte, die seitlich und nach Süden ausgerichtet angelegt war. Giulia umrundete das Gebäude, fand einen kleinen Anbau, der vermutlich eine Scheune oder Vorratskammer war, und daneben den Hintereingang, durch den man in die Küche gelangte. Sie betätigte die Klinke, und zu ihrer Verwunderung stellte sie fest, dass nicht abgeschlossen war.

Konnte sie so einfach ins Haus? Es war ja nicht mehr bewohnt, und es gehörte Nonna. Sie war in Vertretung für ihre Großmutter hier. Also warum sollte sie sich das Haus nicht anschauen dürfen? Entschlossen öffnete sie die Tür und trat ein.

»Hallo? Ist jemand hier?«, rief sie laut.

Da sie keine Antwort bekam, durchquerte sie die Küche. Ging weiter bis in den kleinen Flur. Sie rief erneut und bekam wieder keine Antwort, also ging sie zurück und gelangte so in das Wohnzimmer. Die Möbel waren mit weißen Laken abgedeckt. Der Raum war spartanisch eingerichtet. Auf dem Steinboden lag eine feine Staubschicht. Hier wohnte schon länger niemand mehr.

Über dem Kamin hing ein Ölgemälde. Es zeigte eine Familie. Wenn Giulia sich nicht irrte, war es ihre. Auf dem Bild waren Vater und Mutter zu sehen und zwei Kinder im Alter von ungefähr zehn Jahren. Sie erkannte in dem Mädchen die Züge ihrer Großmutter wieder. Also war der Junge Fabrizio. Dann mussten die Erwachsenen ihre Urgroßeltern sein. Alberto, der die Weinkellerei gegründet hatte, und seine Frau … Giulia musste einen Augenblick überlegen, wie ihr Name war. Florentina. Ja, genau. Florentina und Alberto. Mit ihnen hatte alles begonnen.

Auf dem Kaminsims standen weitere Bilder. Fotografien. Ein Bild zeigte Nonna, als sie schon älter war. Vielleicht Anfang zwanzig. Dann gab es eines, auf dem sie mit Anna zu sehen war. Als junge Frauen mit Zöpfen. Sie lächelten und hielten sich in den Armen. Auf einem weiteren Foto erkannte Giulia sich selbst. Sie musste genauer hinsehen, ob sie sich auch nicht irrte, und nahm das Bild in die Hand. Kaum zu glauben. Das war sie, als sie geschätzt acht Jahre alt war. Ein Junge hatte den Arm um ihre Schultern gelegt, und sie standen unter einem großen Olivenbaum. Sie blickte lächelnd zu dem Jungen auf, der ein wenig älter als sie war, sie schätzte ihn auf ungefähr zwölf Jahre. Sie konnte sich erinnern, dass sie mit ihrer Mutter Mariella einmal hier gewesen war, hatte aber ansonsten keine Erinnerung an diese Reise.

»Das sind wir«, hörte sie eine Stimme hinter sich und fuhr erschrocken herum.

»Mein Gott! Haben Sie mich jetzt erschreckt!« Sie drückte das Bild an ihre Brust, sonst wäre es zu Boden gefallen. »Was schleichen Sie sich so heran?«, schimpfte sie aufgebracht und atmete hektisch.

»Ich habe mich nicht herangeschlichen. Die Tür stand auf, und ich dachte, jemand wäre eingebrochen.« Luc fuhr sich durch das Haar, kämmte es aus dem Gesicht.

»Die Tür war nicht abgeschlossen«, erklärte sich Giulia.

»Und wenn eine Tür nicht verriegelt ist, denken Sie, dass man einfach so eintreten kann?« Er sah sie nicht gerade freundlich an.

»Ja, das denke ich. Wenn ich mich richtig erinnere, gehört das alles meiner Großmutter, und ich bin in Vertretung für sie hier. Also habe ich jedes Recht, hier herumzulaufen und mir einen Überblick zu verschaffen.« Giulia hatte nicht vor, sich Lucs weitere Frechheiten gefallen zu lassen. Sie hatte auch Krallen, die sie ausfahren konnte.

Er nickte und kam auf sie zu. Er deutete auf die Fotografie in ihrer Hand. »Das auf dem Foto sind Sie und ich.«

Erneut betrachtete Giulia das Bild. »Wirklich. Ich kann mich nicht daran erinnern, wie es aufgenommen wurde.«

»Es ist mehr als zwanzig Jahre her. Sie waren mit Ihrer Mutter zu Besuch«, erzählte er in ruhigem Ton und durchquerte den Raum, kontrollierte, ob die Fenster und Türen verschlossen waren.

»Ich war damals acht Jahre alt, also ist es genau fünfundzwanzig Jahre her«, murmelte sie und stellte das Bild an seinen Platz zurück. Der Junge darauf hatte ein entwaffnendes Lächeln. Er sah glücklich aus. Seine Augen sprühten geradezu vor Leben. Giulia hatte Schwierigkeiten, diesen Jungen von damals mit dem Mann von heute in Einklang zu bringen. Sie fragte sich, was in der Zwischenzeit geschehen sein mochte. Auf dem Foto sah es zumindest so aus, als hätten sie sich gut verstanden. Davon waren sie heute wohl weit entfernt.

»Hier hat also Fabrizio gelebt?«, fragte sie, weil das Schweigen zwischen ihnen immer größer wurde.

»Ja, hier war er glücklich, zwischen den Weinbergen und den Olivenhainen. Das war sein Leben. Es hat für ihn nie etwas anderes gegeben, soweit ich mich erinnern kann.«

»Ich frage mich, warum mein Großonkel nicht Ihnen alles hinterlassen hat.« Sie wanderte langsam durch den Raum. Die Wände waren weiß gekalkt, und dunkelbraune Stützbalken zierten die Decke, gaben dem Raum Charakter.

»Ich gehöre nicht zur Familie. Fabrizio ging Familie über alles. Auch wenn er mich wie einen Sohn behandelt hat. Er hat mir zu Lebzeiten geholfen, mich unterstützt, dass ich eine anständige Ausbildung mache. Erst als Bäcker, dann als Winzer. Er hat mir alles beigebracht, was ich wissen muss, um einen ausgezeichneten Wein herzustellen und ein gutes Auskommen zu haben.« Er blickte zum Fenster hinaus auf die Olivenbäume, die bis an das Haus reichten.

»Was halten Sie von dem Käufer, den Mario aufgetrieben hat und der das gesamte Anwesen kaufen will?«, fragte sie frei heraus und trat neben ihn.

»Oh, ich halte sehr viel von ihm.«

»Dann kennen Sie ihn?«

Luc nickte und grinste.

»Ja, ich kenne ihn sogar sehr gut«, gab er zu.

»Und glauben Sie, es wäre eine gute Idee, ihm das alles zu verkaufen, unter der Prämisse, dass der Preis stimmt?«

»Ihm gehören die umliegenden Felder, rein wirtschaftlich wäre es eine gute Idee, das Weingut könnte erweitert werden. Aber der Typ. Ich weiß nicht. Er ist notorisch schlecht gelaunt, neigt zu Zornausbrüchen, ist arrogant und selbstgefällig. Allerdings sieht er sehr gut aus.« Luc wandte sich ihr zu und stemmte die Hände in die Hüften, dabei spannte das weiße Hemd über seine muskulöse Brust, und Giulia musste sich zwingen, ihre Augen von diesem Anblick abzuwenden. Die dunklen Brusthaare, die in einem kleinen Spalt zu erkennen waren, zogen sie magisch an.

»Sie scheinen diesen Mann ja gut zu kennen, man könnte meinen, Sie sprechen über sich selbst.« Giulia lachte, bis sie seinen Gesichtsausdruck sah. »Nein!« Sie schüttelte ungläubig den Kopf. »Das glaube ich jetzt nicht. *Sie* sind der Käufer?« Sie schlug sich die Hand vor den Mund. Das durfte nicht wahr sein.

»Ich sagte Ihnen ja, dass ich alles von Fabrizio gelernt habe. Auch, ein gutes Geschäft zu erkennen.« Er blickte zu den Olivenbäumen hinaus und lächelte, was ihr nicht entging.

4

CASTELLACCIO,

ENDE FEBRUAR 1944

Der Wind fegte um das Haus, sodass man sich nicht vor die Tür wagte. Die achtzehnjährige Marta lag in ihrem Bett und hatte die Decke bis zu ihrem Kinn hochgezogen. Sie fror erbärmlich und legte den Mantel, den sie über ihrem Nachthemd trug, enger um ihren schmalen Körper. Sie hatte Hunger und war viel zu dünn, aber sie mussten mit den Reserven vorsichtig umgehen. Da es im Haus keinen Strom gab, hatte sie den kleinen Stumpen der Kerze angezündet, der auf ihrem Nachttisch stand. Die Vorhänge am Fenster waren fest verschlossen, damit auch ja kein Lichtschein nach draußen drang.

Sie holte den letzten Brief von Fabrizio hervor, den er ihr vor einigen Wochen geschrieben hatte. Ihr geliebter Bruder Fabrizio. Er war nur drei Jahre älter als Marta, aber um so vieles erwachsener als sie selbst. Er gehörte dem Widerstand an. Was er genau machte, darüber schwieg er sich aus, doch es musste gefährlich sein. Wann immer er den Weg nach Hause fand, sah er abgehetzt aus. Hatte diesen vorsichtigen Blick über seine Schulter, als würde hinter jeder Mauer ein Feind lauern.

Vielleicht war es gut, dass Marta nicht wusste, was

Fabrizio genau tat, sonst würde sie vermutlich vor Kummer umkommen. Sie hatte ständig Angst um ihn und betete jede Nacht, dass Gott ihn beschützte und ihrem Bruder nichts geschah. Er musste einfach zu ihr zurückkehren, am liebsten in einem Stück, und das so bald wie möglich.

Ihr Vater war als Soldat in den Krieg gezogen, auch wenn er das gar nicht gewollt hatte. Doch er hatte keine Wahl gehabt, wenn er sein Land nicht verlieren wollte. So waren ihre Mutter und Marta allein auf dem Hof zurückgeblieben. Fabrizio war ebenfalls zur Armee gegangen, doch wenige Wochen später war ein Brief angekommen, in dem man ihnen mitgeteilt hatte, dass Fabrizio in Ausübung seiner Pflicht sein Leben verloren hatte. Florentina, ihre Mutter, war daraufhin in Ohnmacht gefallen. Marta hatte nicht daran glauben wollen.

Als es eines Tages an der Tür geklopft hatte und Fabrizio vor ihnen gestanden war, hatte ihre Mutter es nicht fassen können. Marta war überglücklich, denn für sie hatte es nie einen Zweifel gegeben, dass ihr geliebter Bruder noch am Leben war. Die Benachrichtigung war eine Falschmeldung gewesen. Ein anderer junger Mann hatte sein Leben gelassen, was schlimm genug war, aber für Fabrizio hatte sich eine ungeahnte Möglichkeit aufgetan, für den Untergrund zu arbeiten. Er hatte sich gefälschte Papiere besorgt, lebte nun im Verborgenen und hatte sich der *Resistenza* angeschlossen. Was er dort genau tat, darüber schwieg er sich aus, doch Marta wusste, es war gefährlich. Seine Augen hatten das Lächeln verloren, das sie immer umgeben hatte. Er hatte den Blick eines alten Mannes, der schon alles im Leben gesehen hatte, dabei war er gerade mal einundzwanzig Jahre alt. Er hatte sein Aussehen verändert. Trug sein Haar länger, als man es von ihm gewohnt war, dazu rasierte er sich nur gelegentlich, ließ meistens einen Bart stehen.

Es war gut, dass sie außerhalb von Castellaccio lebten und

sich kaum jemand auf das Weingut verirrte. Die männlichen Angestellten waren alle bei der Armee, und jetzt im Winter gab es auch keine weiblichen Angestellten. Die Winterszeit war hart, die Tage kurz, die kalten Nächte dafür umso länger.

Marta lernte, sich um ihre Mutter zu kümmern, die nach der Nachricht, dass Fabrizio angeblich gefallen war, einfach nicht mehr die Gleiche war. Auch als ihr Sohn wieder lebendig vor ihr gestanden war, änderte das nichts an der Situation, sie glitt in eine Lethargie, aus der sie sich nicht befreien konnte. Sie hatte Angst, dass diese Nachricht auch mit Albertos Namen eintreffen würde. Diese Angst schnürte ihr die Kehle zu, veränderte ihr Wesen. Sie wurde mit jedem Tag lethargischer, verließ kaum noch das Bett. Marta kümmerte sich, so gut es ging, um ihre Mutter. Ließ sie gewähren, weil sie selbst Angst hatte, dass Florentina den Verstand verlieren könnte.

Als Marta ein Geräusch vernahm, horchte sie auf. Es war das Quietschen der Hintertür, das erkannte sie sofort. Zu oft hatten sie sich als Kinder hinausgeschlichen, Fabrizio und Marta. Sie waren unzertrennlich gewesen. Doch dieser schreckliche Krieg hatte alles verändert.

Mit Schwung warf sie die Bettdecke zur Seite und erhob sich. Schnell zog sie dicke Socken über ihre nackten Füße und lief lautlos die Holztreppe ins Erdgeschoss hinunter. Sie wusste, welche Stellen sie auslassen musste, um keine Geräusche zu machen. Im Haus war es dunkel, doch Marta war hier aufgewachsen, sie kannte jeden Winkel, jede Stufe, jedes Zimmer. Leise schlich sie in die Küche, und dort brannte eine Kerze.

»Fabrizio«, flüsterte sie und sah die beiden Kinder an, die frierend neben ihm standen. »Du bist wieder da!« Sie fiel ihrem Bruder um den Hals.

»Marta.« Er drückte sie fest an sich und gab ihr einen Kuss auf die Stirn.

»Ich bin so froh, dass du wieder da bist«, stammelte sie und blickte in sein Gesicht. »Wo kommst du her? Wer ist das?« Sie sah zu den beiden verängstigten Kindern. Wie immer hatte Marta tausend Fragen auf einmal, und sie wusste, dass sie darauf ohnehin keine Antworten erhalten würde.

»Wir kommen aus dem Süden. Montecassino. Das Benediktinerkloster wurde bei einem Bombenangriff völlig zerstört. Wir sind seit einer Woche unterwegs. Kannst du uns was zu essen machen? Haben wir Milch?«, fragte Fabrizio.

»Natürlich. Wir haben noch Eintopf übrig. Ich mache euch etwas warm.« Marta holte Holz und entzündete den Ofen, stellte einen großen Topf auf den Herd. Dann verteilte sie drei Becher auf dem Tisch, wies die beiden Kinder an, sich zu setzen.

»Das sind Anna und Gino. Ich habe sie aus dem Kloster gerettet. Sie haben dort gelebt. Wir werden sie hier verstecken«, erklärte Fabrizio mit knappen Sätzen.

Marta schenkte Milch in die Becher ein. »Hallo, ich bin Marta. Fabrizios Schwester. Ihr seid hier in Sicherheit und braucht keine Angst zu haben.«

Das Mädchen sah sie mit großen Augen an und nickte. Es hatte die dunklen Haare zu Zöpfen geflochten, die sich langsam auflösten. Ihr Gesicht war dreckig, und Marta hatte keine Vorstellung, was das Kind durchgemacht hatte.

»Ich bin Anna und zehn Jahre alt«, sagte das Mädchen mit leiser Stimme.

Marta ergriff ihre Hand, drückte sie fest. »Wenn du gegessen hast, kannst du dich waschen. Ich zeige dir, wo, und du kannst bei mir schlafen, wenn du möchtest. Ansonsten kannst du später auch ein eigenes Zimmer haben.«

Anna nickte und trank ein wenig von der Milch, verschluckte sich daran.

»Ganz ruhig. Wir haben genug zu essen.« Marta schenkte ihr ein Lächeln.

Das Mädchen nahm ihren Schal ab und zog den Mantel aus, der schon reichlich abgenutzt war. Für ihr Alter war sie groß. Morgen würde Marta ihr etwas von ihren Sachen zum Anziehen geben. Sie hatten beinahe die gleiche Größe, obwohl sie acht Jahre trennten.

»Was hast du in dem Kloster gemacht?«, wollte Marta wissen, während sie den Eintopf umrührte, der langsam warm wurde.

»Ich habe in der Küche gearbeitet«, gab Anna leise von sich. Sie sprach, das war gut. Der Junge hingegen blickte starr vor sich hin. Er war älter als das Mädchen. Vielleicht sechzehn oder siebzehn.

»Und du, Gino?«, wandte Marta sich ihm zu.

»Er sollte als Priester ausgebildet werden«, antwortete Fabrizio für ihn. »Er spricht nicht viel und braucht ein bisschen Zeit, um sich zu erholen.«

»Diese verdammten Nazis«, murmelte Marta und rührte wieder in dem Topf.

»Es waren die Alliierten, die das Kloster beschossen haben. Das muss man sich mal vorstellen. Es stammte aus dem sechsten Jahrhundert. Und nun ist es auf die Grundmauern niedergebrannt. Das ist alles Mussolinis Schuld und die Schuld von Hitler, der diesen verdammten Krieg begonnen hat. Sie legen das Land in Schutt und Asche.« Fabrizios Stimme nahm an Schärfe zu. Das tat sie immer, wenn die Sprache auf Mussolini und den Krieg kam.

Endlich war der Eintopf warm, und Marta verteilte das Essen auf drei Teller. Die Kinder und ihr Bruder machten sich sofort darüber her. Sie mussten Tage nichts gegessen haben.

»Nimmst du Gino mit zu dir?«, fragte Marta, nachdem alle auch den Nachschlag aufgegessen hatten.

»Ja, aber ich muss noch mal weg.«

»Nein, du darfst nicht wieder gehen. Nicht heute Nacht.«

Marta konnte es nicht glauben, dass ihr Bruder nicht bleiben wollte.

»Ich komme ja wieder. Ich muss noch etwas holen. Morgen früh bin ich zurück. Versprochen.« Er sah sie bittend an und zog sie in seine Arme. »Du weißt doch, dass mir nichts geschehen wird. Kümmere dich um Anna und Gino. Sie müssen schlafen, um wieder zu Kräften zu kommen. Sie haben Schlimmes erlebt und sollen sich hier erholen.«

Marta nickte. »Gut, bleib nicht zu lange weg.«

Fabrizio küsste ihre Stirn, nickte den beiden Kindern zu und verließ die Küche durch die Hintertür.

Einen Augenblick schaute Marta ihrem Bruder hinterher. Sprach ein kleines Gebet, damit ihm nichts passierte, dann wandte sie sich um. »Na dann kommt. Ich werde euch die Zimmer zeigen. Wenn ihr wollt, könnt ihr hierbleiben. Wir stellen Wein her und können immer Arbeitskräfte gebrauchen. Ihr bekommt einen Lohn, freie Unterkunft und Essen. Ich würde mich freuen, wenn ihr erst einmal bleibt, denn ich bin mit meiner Mutter ganz allein.«

Gino nickte wortlos, aber zumindest zeigte er eine Reaktion.

»So, das hier ist Fabrizios Kammer. Leg dich ins Bett und schlaf dich aus.«

Gino ging hinein, dann drehte er sich um.

»Grazie, Marta«, sagte er leise, und seine Mundwinkel zeigten die Anzeichen eines kleinen Lächelns.

5

CASTELLACCIO,

SEPTEMBER 2018

»Ich möchte, dass du so schnell wie möglich den Kaufvertrag aufsetzt. Sie soll hier wieder verschwinden.« Luc sah Mario genervt an.

»Ich weiß nicht, was du hast. Giulia ist doch eine reizende Frau.« Mario lehnte sich auf dem Stuhl entspannt zurück. Sie befanden sich in seinem Bürgermeisterbüro in Castellaccio. Die Klimaanlage surrte vor sich hin.

»Sie nervt mich. Läuft überall herum und steckt ihre Nase in Dinge, die sie nichts angehen.« Luc ließ sich auf der Kante von Marios Schreibtisch nieder.

»Bist du deshalb zu mir gekommen? Um dich über Giulia zu beschweren? Ich bin hier der Bürgermeister und habe eine Menge Arbeit.« Mario verschränkte die Arme vor der Brust.

»Wann hast du schon mal richtig gearbeitet?«, murmelte Luc und schüttelte den Kopf. »Also, was ist mit dem Vertrag?«

»Ich habe ihn noch nicht aufgesetzt. Aber ich verspreche dir, dass ich heute Nachmittag mit Giulia über den Verkauf sprechen werde.«

»Sie weiß, dass ich der Käufer bin.«

Mario hob überrascht eine Augenbraue. »Woher?«

»Ich habe sie heute Vormittag in Fabrizios Haus getroffen, und sie wollte unbedingt wissen, wer der Käufer ist. Sie hat so eine Art an sich, die mich zur Weißglut bringt. Sie ist einfach zu neugierig. Ich mag diese Art Frauen nicht.«

»Du magst scheinbar überhaupt keine Art von Frauen. Was willst du? Sie ist Immobilienmaklerin. Sie wird um den Wert des Anwesens wissen.«

»Ich biete mehr als genug. Ich hatte nicht vor, jemanden übers Ohr zu hauen«, entgegnete Luc eingeschnappt.

»Das weiß ich doch, Luc. Ich mache das schon. Sie wird unterschreiben, noch ein paar Tage Urlaub machen und dann für immer verschwinden. Du wirst schon sehen. Ihre Großmutter schrieb mir, dass der Verkauf schnell über die Bühne gehen soll.« Mario grinste gut gelaunt. Vermutlich dachte er dabei an die Provision, die er dafür kassierte.

Luc erhob sich von dem Schreibtisch und nickte. »Gut, ich verlasse mich auf dich. Ich will die Frau nicht länger als notwendig in meinem Haus haben. Sie bringt mir alles durcheinander.«

Giulia war mit dem Wagen nach Castellaccio gefahren, um sich dort ein wenig umzusehen. Leider war der Ort kleiner, als sie gehofft hatte. Es gab zwar einen Supermarkt, drei Restaurants, ein Hotel, aber nicht einmal eine Apotheke. Dabei hätte sie gut eine Packung Kopfschmerztabletten gebrauchen können. Luc Braga bereitete ihr Schmerzen. Dieser Mann war einfach nicht zu ertragen. Er blickte sie an, als wäre sie ein Insekt, das sich unerlaubt Zugang zu seinem Haus verschafft hatte. Was für ein arroganter Kerl. Sie würde ihm schon zeigen, dass man so nicht mit ihr umspringen konnte.

Schmerzmittel würde sie also hier nicht bekommen. Allerdings hatte sie keine Lust, nach Livorno zu fahren, sondern schlug den Weg zurück zum Weingut ein. Sie würde, sobald der Verkauf abgeschlossen war, Florenz besuchen. Diese Stadt reizte sie wesentlich mehr. Dort würde sie mit Sicherheit nette italienische Männer kennenlernen, die wussten, wie man eine Frau zu behandeln hatte.

Vor dem Haus standen Luc und Mario, waren in ein Gespräch vertieft. Als sie den Motor abstellte, kam Mario auf sie zu und öffnete die Tür des Cabrios.

»Da sind Sie ja. Ich bin auf der Suche nach Ihnen. Luc wusste nicht, wo Sie abgeblieben waren.« Er warf Luc einen Blick zu, das entging Giulia nicht.

»Jetzt bin ich ja hier. Geht es um den Verkauf?«, fragte sie und angelte ihre Handtasche vom Beifahrersitz.

»Ja, ich dachte, wir sollten uns den Vertrag mal ansehen.« Mario angelte eine Zigarre aus der Brusttasche, zündete sie aber nicht an.

»Möchte der Käufer nicht dabei sein?«, fragte Giulia spitz und blickte zu Luc, der in einiger Entfernung stand, ihrem Gespräch aber zu lauschen schien. Was war er doch verkorkst.

»Kommst du, Luc? Wir setzen uns in den Garten.« Mario winkte ihm zu.

»Ich hole uns eine Flasche Wein«, rief Luc und machte sich auf den Weg in die Kellerei.

»Aber von dem guten!«, forderte Mario.

»Ich habe nur gute Weine«, erwiderte Luc und marschierte davon. Er schien nicht begeistert zu sein, dass er bei dem Gespräch anwesend sein sollte. Doch das war Giulia egal.

Sie ließen sich im Schatten der Terrasse nieder. Dort stand ein großer Tisch mit zehn Stühlen. Der breite lange Holztisch sah edel aus, und die Rattanstühle waren gemütlich. Es dauerte nicht lange, da kam Luc um die Ecke. Er hielt eine Flasche Wein in der Hand, mit drei Gläsern. Aus der Hosentasche zog er ein Kellnermesser, mit dem er gekonnt die Flasche öffnete und Wein in die Gläser goss. Die goldene Farbe schimmerte appetitlich. Dann setzte er sich Giulia gegenüber. Mario hatte am Kopfende des Tisches Platz genommen. Er wirkte wie ein Mediator, der zum Schlichten anwesend war. Ein Patron, der Hof hielt.

»Salute!« Mario hob sein Glas und prostete beiden zu.

»In bocca al lupo«, murmelte Luc, der wohl meinte, dass dieses Gespräch ein wenig Glück brauchte.

»Crepi«, antwortete Giulia mit einem Lächeln auf den Lippen und trank einen Schluck. Zu ihrer Überraschung schmeckte der Wein ausgezeichnet. Nein, im Grunde war sie nicht überrascht. Schon gestern hatte sie den Wein genossen, und er war erstklassig.

»Ein exquisiter Tropfen«, erklärte Mario und hielt das Glas gegen das Licht, sah sich die Farbe genau an, prüfte das Bouquet.

»Ja, er schmeckt wirklich gut«, bestätigte Giulia.

»Wollen wir jetzt zum Punkt kommen?«, fragte Luc nicht gerade freundlich, als wäre er genervt, dass man den Wein lobte.

Mario lächelte. Ihm schien die rüde Art nichts auszumachen, während Giulia Luc böse musterte. Da er sie aber ignorierte, nahm er das wohl gar nicht wahr. Wie konnte man so ignorant sein?

»Gut, kommen wir zur Sache.« Mario holte aus einer dünnen Mappe, die er bei sich trug, den Entwurf eines Kaufvertrages hervor. »Ich habe hier schon mal einen Vertrag entworfen. Er enthält eine Aufstellung der Liegenschaften, die veräußert werden, inklusive des Hauses. Der Käufer, in diesem Fall Luc, ist bereit, Ihnen eine Summe von siebenhunderttausend Euro zu bezahlen. Ich für meinen Teil finde, dass dies ein sehr fairer Preis ist«, fügte Mario noch hinzu.

Siebenhunderttausend Euro? Das durfte nicht wahr sein.

Giulia traute ihren Ohren nicht. Dachten die Männer, sie wäre so dumm und sie konnten sie und ihre Großmutter übers Ohr hauen?

»Allora, non mi va!«, rief sie entgeistert, und die Männer schauten sie überrascht an. »Das kann nicht Ihr Ernst sein. Sie wollen mich übers Ohr hauen. Siebenhundert für den gesamten Besitz. Das ist wohl ein Witz. Denken Sie, die dumme Engländerin weiß nicht, was das alles wert ist? Sie wissen vielleicht nicht, dass ich eine sehr erfolgreiche Immobilienmaklerin bin. Ich werde mit Sicherheit keinen Vertrag unterschreiben, wo ich noch nicht einmal alles gesehen habe. Zum Beispiel habe ich die Kellerei noch nicht in Augenschein genommen. Aber dieser Kaufpreis liegt weit unter dem, was das hier alles wert ist.«

Was glaubten diese Männer denn? Dass sie eine dumme Gans war? Giulia war außer sich. Dass Luc sie dabei auch noch anlächelte, trieb ihren Blutdruck erst recht in die Höhe.

»Bitte, Giulia, regen Sie sich nicht gleich auf«, versuchte Mario sie zu beruhigen.

Giulia nahm einen Schluck Wein, obwohl sie lieber einen klaren Kopf behalten sollte. Doch ihre Kehle war wie ausgedörrt.

»Sie haben alles gesehen, was Ihnen gehört«, sagte Luc mit leiser, aber fester Stimme. »Sie haben Fabrizios Haus und den dazugehörigen Weinberg, dazu das Feld mit dem Olivenhain direkt am Haus in Augenschein genommen.« Er blickte sie eindringlich an, als wäre damit alles gesagt.

»Ja, die habe ich gesehen. Aber was ist mit diesem Haus, den übrigen Feldern auf der anderen Seite des Wegs, der Weinkellerei? Hat das alles etwa keinen Wert?«, wollte Giulia aufgebracht wissen.

»Natürlich hat das einen Wert. Einen enormen sogar. Ich würde das alles auf einen Verkehrswert von ungefähr vierzehn Millionen Euro schätzen. Grob geschätzt.« Mario legte den Kopf schräg, als würde er rechnen.

Aha! Da hatten sie es also.

»Nur mit dem Unterschied, dass all diese Dinge nicht zu dem Erbe gehören. Dieses Haus, die Kellerei und ein Großteil der Weinberge sind Lucs Besitz. Er hat das alles selbst aufgebaut. Mit der Hilfe von Fabrizio, der ihm einen Kredit gewährt hat, der allerdings bereits seit mehr als sechs Jahren getilgt ist.« Mario sprach ganz sachlich darüber, und auch Luc blickte sie nicht an, als wäre es ihm peinlich, dass Mario diese Informationen preisgab.

»Dann gehört dieses Haus gar nicht Fabrizio?« Giulia sah fragend von einem zum anderen.

»Nein, es gehört mir«, gab Luc zu. »Fabrizio gehören das Haus, in dem wir uns heute Morgen begegnet sind, der Olivenhain, der direkt an das Haus grenzt, und circa zwei Hektar der Weinberge. Sie liegen umgeben von meinem Land, daher bin ich daran interessiert, Ihnen das alles abzukaufen. Mehr steckt nicht dahinter. Ich will Sie nicht betrügen, finde mein Angebot sogar sehr fair. Sie können einen unabhängigen Gutachter bestellen, er wird Ihnen bestätigen, dass das Angebot mehr als großzügig ist.«

»Warum zahlen Sie mehr, als Sie müssen, Luc?«, wollte Giulia wissen.

Luc griff zu seinem Glas und trank einen Schluck, setzte es wieder auf dem Holztisch ab, drehte es am Stil hin und her. »Nun, nennen Sie es Dankbarkeit, Sentimentalität. Mir liegt etwas an dem Grund und Boden. Es erinnert mich an die Anfänge, wie alles begonnen hat.«

»Sie lassen sich diese Sentimentalität aber eine Menge kosten.« Giulia glaubte ihm nicht so richtig. Er war kein Mann, der der Vergangenheit nachhing.

»Ich kann es mir leisten. Ich bin ein reicher Mann.« Da

war er wieder, dieser unausstehliche arrogante Kerl, der niemanden an sich heranließ.

»Sagen Sie mir, was Sie mit dem Haus anstellen wollen, sobald ich den Kaufvertrag unterschrieben habe.« Sie sah Luc direkt an. Mario schien vergessen zu sein. Er saß zwar noch zwischen ihnen, sagte aber keinen Ton. Er wusste wohl, wann es besser war, zu schweigen.

»Ich denke, ich werde es abreißen und weitere Olivenbäume anpflanzen.«

»So viel also zu Ihrer Dankbarkeit! Wissen Sie was? Ich glaube Ihnen nicht«, rief Giulia aufgebracht. »Nun ja, ich werde mir das alles in Ruhe durch den Kopf gehen lassen und jetzt meinen Koffer packen.« Sie erhob sich.

»Um was zu tun?«, fragte Luc gelassen, was für Giulia aufgesetzt wirkte.

»Ich werde in Fabrizios Haus ziehen, das meiner Familie gehört. Wenn ich richtig informiert bin.« Damit machte sie auf dem Absatz kehrt und lief wütend ins Haus. Die verwirrten Blicke der Männer ignorierte sie vollends.

»Molto bene! Das ist ja wunderbar gelaufen. Aus diesem Grund werde ich niemals heiraten. Frauen sind einfach zu unberechenbar«, knurrte Luc und blickte zur Terrassentür, hinter der Giulia verschwunden war.

»Sie ist aber verdammt sexy, findest du nicht?«, fragte Mario und zündete seine Zigarre an, blies den Rauch in die Luft. »Sie wusste nicht, worum es geht. Ihre Großmutter scheint ihr wohl nicht die ganze Wahrheit gesagt zu haben. Sie war davon ausgegangen, dass Fabrizio das alles hier gehört. Wer kann ihr da verdenken, dass ihr der Betrag zu niedrig war. Sie macht nicht den Eindruck, als würde sie dort für immer wohnen bleiben wollen. Soll sie sich erst einmal beruhigen, dann wird sie einsehen, dass dein Angebot ein sehr gutes ist.«

»Dein Wort in Gottes Ohr«, murmelte Luc und trank sein Glas leer, füllte es erneut.

»Vielleicht solltest du es mal auf die sanfte Tour versuchen. Du bist nicht gerade sonderlich freundlich zu Giulia. Wie man in den Wald ruft, so schallt es heraus. Eventuell kommt sie ja schneller zu einer Entscheidung, wenn du dich ein wenig … umgänglicher zeigen würdest.«

»Und wie bitte soll ich das machen?« Luc hatte keine Ahnung, worauf Mario anspielte.

»Spiele den Fremdenführer. Zeig ihr etwas von unserem wunderschönen Land. Fahr mit ihr nach Florenz, führe sie zum Essen aus. Sei charmant. Ich weiß, dass du das kannst. Sorge für ein paar schöne Urlaubserinnerungen, und sie wird liebend gern den Vertrag unterzeichnen und dann zurück nach London fliegen.«

Luc brummte vor sich hin. Er glaubte nicht, dass all das etwas ändern würde. Würde es etwas ändern, wenn er sich freundlicher zeigte? Gehörte Giulia zu den Frauen, denen das wichtig war? Er glaubte nicht, aber zumindest war es einen Versuch wert. Er hatte nicht mehr viel Zeit, die Ernte stand vor der Tür. Die Zeit drängte. Bald hatte er andere Prioritäten und den Kopf nicht mehr frei. Wenn er genauer darüber nachdachte, wäre es kein großer Aufwand. Ihm würde es auch mal wieder guttun, aus Castellaccio herauszukommen. Es war lange her, dass er sich etwas gegönnt hatte.

6

CASTELLACCIO,

SEPTEMBER 2018

»Hallo Nonna! Wie geht es dir?« Die Verbindung nach London war nicht besonders gut, sie hoffte, dass ihre Großmutter sie hören konnte.

»Mariella! Bist du das?«, fragte Marta überrascht.

»Nein, Nonna. Hier ist Giulia, deine Enkeltochter.«

»Aber wo ist denn Mariella?«, murmelte Marta nachdenklich.

»Nonna, Mariella ist meine Mutter, und sie ist doch gestorben. Erinnerst du dich?« Sie sprach behutsam mit ihr, weil sie wusste, dass Marta manchmal Dinge vergaß. Der Arzt meinte, es sei bei ihrem Alter nicht ungewöhnlich. Das Gedächtnis ließ mit den Jahren nach.

»Giulia, ja natürlich. Wie gefällt es dir in Castellaccio?«, fragte sie plötzlich, und Giulia atmete erleichtert aus.

»Gut, Nonna. Sehr gut sogar. Sag mal, was genau hat Fabrizio dir vererbt? Du hast mir gar nichts Genaues darüber erzählt.«

Sie hörte, wie Nonna ausatmete, und wusste, sie hatte sich in ihrem Lieblingssessel, direkt vor dem Fenster, niedergelassen. »Ihm gehören ein kleines Steinhaus und ein paar Hektar

Weinberge. Dann gab es noch Olivenbäume, die bis an das Haus grenzten. Es ist nicht viel Land.«

»Vielleicht vier Hektar groß?«, hakte Giulia nach.

»Ja, das kommt hin. Warum fragst du? Ist etwas nicht in Ordnung?«, wollte Marta wissen.

»Nein, Nonna. Alles ist in bester Ordnung. Ich wollte nur hören, was genau das Erbe umfasst. Wie geht es dir?«

»Mir geht es gut, mein Kind. Ich bin in letzter Zeit ein wenig müde. Ich wollte mich gerade ausruhen und wünsche dir noch schöne Tage.« Damit war die Verbindung unterbrochen.

Überrascht blickte Giulia das Handy an. Sie hatte einfach aufgelegt. Das war so typisch. Es war, als wollte Marta sich nicht mit ihrer Vergangenheit beschäftigen. Als wäre etwas geschehen, das ihr immer noch Angst einjagte.

Nun ja, Giulia würde sich hier erst einmal häuslich einrichten. Sie blickte sich im Wohnzimmer von Fabrizios Haus um und machte sich an die Arbeit.

Schnell hatte sie die Laken von den Möbeln genommen, durchgewischt und eines der Betten im Obergeschoss frisch bezogen. Es gab insgesamt drei Schlafzimmer. Alles war ordentlich sauber. Es sah so aus, als wäre erst vor Kurzem alles hergerichtet worden. Anna hatte ihr frische Bettwäsche und flauschige Handtücher mitgegeben, die sie im Bad deponierte. Alles war nagelneu, das hatte Anna ihr verraten. Das Haus sollte für Touristen genutzt werden, und so hatte man die Schlafräume ganz neu ausgestattet.

Das Haus abreißen. Das kam gar nicht infrage. Es war wunderschön hier. Warum wollte Luc das Haus dem Erdboden gleichmachen? Damit konnte man wunderbare Dinge anstellen. Außerdem … Wenn die Schlafräume gerade erst neu eingerichtet worden waren, wieso wollte Luc das Haus dann abreißen lassen? Etwas stimmte da nicht.

Sie würde auf keinen Fall weiter in Lucs Haus wohnen.

Es war peinlich gewesen, dass sie gedacht hatte, das gesamte Anwesen würde Fabrizio gehören. Nonna hätte ihr mehr Informationen geben müssen. Es war ihr eigener Fehler, dass sie Dinge vorausgesetzt hatte, ohne die Fakten zu kennen. Es war doch sonst nicht ihre Art, so schlampig zu arbeiten. Den Ärger über sich selbst schob sie auf Luc ab. Er brachte sie vollkommen durcheinander, sodass sie ihre Aufgaben vernachlässigte.

Ein Klopfen am Türrahmen ließ sie zusammenzucken. Sie drehte sich erschrocken um.

Luc!

Sie hatte gar nicht gehört, dass jemand das Haus betreten hatte.

»Wie kommen Sie hier herein?«, fragte sie, ohne innezuhalten, und bezog das Kopfkissen.

»Die Tür war nicht abgeschlossen«, erklärte er und hob eine Augenbraue.

Giulia sah ihn an, und er grinste breit. Er hatte sich umgezogen. Trug eine schwarze Anzughose, dazu ein weißes Oberhemd, das für Giulias Geschmack einen Knopf zu weit geöffnet war. Man konnte ein kleines bisschen seines schwarzen Brusthaars sehen, und sie musste sich zusammenreißen, um ihre Augen von diesem Anblick zu nehmen. Sie räusperte sich verlegen, weil sie ihn angestarrt hatte.

»Was wollen Sie hier?«, fragte sie nicht gerade freundlich.

»Warum wollen Sie hier schlafen?«

Ja warum wohl?

»Ich will bei … Ich fühle mich hier meiner Familie näher, das ist der Grund«, gab sie preis.

»Ich soll Ihnen von Anna ausrichten, dass Sie jederzeit zum Essen eingeladen sind. Es gibt hier keinen Herd, also *noch* keinen. Nur einen Ofen, der mit Holz betrieben wird.«

»Na, Holz habe ich ja genug hier.« Giulia blickte zum

Fenster hinaus.

Luc lachte. »Sie werden doch wohl nicht hundert Jahre alte Olivenbäume verfeuern wollen?«

»Wer weiß?« Giulia hob die Schultern und breitete das Laken auf dem Bett aus. »Wären Sie so freundlich, mir zu helfen?«

Er schaute sie verwundert an.

»Sie sehen aus, als hätten Sie noch nie ein Bett bezogen.«

»Ich habe Anna. Sie kümmert sich um alles.«

»Ja, aber Anna ist mittlerweile über achtzig Jahre alt. Ich denke, Sie sollten mal darüber nachdenken, ihr eine Hilfe zur Seite zu stellen.«

Sie stopfte eine Ecke des Spannbettlakens über die Matratze, und Luc tat es ihr gleich. Als sie fertig waren, nickte Giulia anerkennend. »Das war für den Anfang gar nicht so schlecht. Ich denke, ich werde Sie als Haushaltshilfe anstellen.«

»Ich wusste nicht, dass die Stelle vakant ist. Haben Sie denn vor, hier länger zu wohnen?«

Wollte er etwas aus ihr herausbekommen?

»Ich habe zwei Wochen Urlaub«, erklärte sie, ohne seine Frage wirklich zu beantworten.

»Haben Sie Hunger?«, fragte er unvermittelt.

Sie nickte automatisch, hatte bisher nur gefrühstückt.

»Ziehen Sie sich etwas an, ich warte unten.« Luc verließ den Raum, lief mit schnellen Schritten die Treppe hinunter.

»Hey, ich bin ja nicht nackt«, rief sie ihm hinterher, ging jedoch hinüber ins Bad, um sich frischzumachen. Dann entschied sie sich gegen ihre Jeans und Bluse, zog ein geblümtes Sommerkleid an. Es war immer noch so herrlich warm, dass sie damit genau richtig lag. Das weiße Kleid war großflächig mit roten Mohnblumen bedruckt. Es war ein Wickelkleid, das an der Seite gebunden wurde. Es stand ihr ausgezeichnet. Sie entschied sich für die roten High Heels, die genau zu diesem Kleid passten. Keine Ahnung, warum sie die überhaupt eingepackt hatte. Nun war sie froh darüber. Schnell zog sie die Lippen rot nach und tuschte die Wimpern, dann war sie auch schon fertig.

Luc saß im Wohnzimmer auf einer Armlehne des Sessels und blickte auf die Uhr.

»Ich warte schon eine halbe Stunde«, beschwerte er sich.

»Ich habe Sie nicht darum gebeten.«

»Wollen wir streiten oder essen?«, fragte er und erhob sich, holte einen Autoschlüssel aus der Hose.

»Ich hoffe, Sie können Auto fahren.« Giulia verließ vor ihm das Haus. Er zog die Tür einfach hinter sich ins Schloss. Giulia lief zum Haupthaus hinüber, und er folgte ihr.

Luc setzte sich auf den Fahrersitz und startete den Motor, nachdem er Giulia die Wagentür aufgehalten hatte. Er wollte zumindest seine guten Manieren nicht vergessen.

»Warum wundert es mich nicht, dass Sie Ihr Ego mit einem Ferrari aufmöbeln müssen?« Giulia sah ihn von der Seite an.

»Tue ich das?«, fragte er und steuerte den Wagen langsam den Weg entlang. Er fuhr an Jac vorbei, einem seiner Angestellten, der grüßend die Hand hob.

»Dann verraten Sie mir, warum Sie so ein Auto fahren.«

»Nun, zum einen, weil ich es mir leisten kann. Zum anderen, weil ich seltene Autos liebe«, erklärte er und hielt an, bevor er auf die Straße einbog.

»Dann ist dieses Auto also nicht nur teuer, sondern auch selten?«

»Ja, das ist es. Der Wagen hat einmal Alain Delon gehört. Er wurde in einer französischen Scheune gefunden. Unglaublich, oder? Es ist ein Ferrari 250 GT SWB California.«

»Ist Blau die Originalfarbe? Ich dachte immer, Ferrari

wäre rot.«

»Nicht jedes ist rot. Er hat noch alle Originalteile, auch der Lack ist original.«

»Wie kommt man an solch einen Wagen?« Giulia fuhr mit den Fingern über das schwarze Interieur.

»Ich habe es bei einer Auktion erstanden. Ich muss zugeben, das Höchstgebot hat mir sehr wehgetan, aber ich bereue es keine Minute.«

»Dann ist es also etwas Besonderes, wenn Sie mich mitnehmen. Sollte ich mich jetzt geschmeichelt fühlen? Oder wollen Sie den Kaufpreis des Erbes drücken?« Sie sah ihn von der Seite an.

Luc lachte auf. Sie war erfrischend frech. »Sie sollten nicht hinter jeder Geste einen üblen Gedanken sehen. Ich habe Hunger, Lust auf eine Fahrt und nette Gesellschaft.«

Hatte er das gerade wirklich gesagt? Er schloss für eine Sekunde die Augen. Er sollte vielleicht nicht zu dick auftragen. Er wurde langsamer, bis er den Ferrari am Wegrand stoppte und sich ihr zuwandte.

»Giulia, ich möchte etwas klarstellen. Können wir für einen Abend dieses Erbe und den Verkauf vergessen? Ich habe noch zwei Wochen, bevor die Ernte beginnt. Dann bleiben mir pro Nacht vielleicht vier Stunden Schlaf. Ich möchte einfach einen schönen Abend in Florenz verbringen, mehr steckt nicht hinter meiner Einladung. Wir können also weiterfahren, oder ich wende den Wagen, und wir kehren zum Gut zurück. Sie haben die Wahl.« Er sah sie prüfend an.

»Nun, da wir bereits als Kinder miteinander gespielt haben, auch wenn ich mich daran nicht erinnern kann, werde ich Ihnen trauen. Also legen Sie den Gang ein und geben Sie Gas.«

»Vielleicht sollten wir uns duzen, wo wir doch als Kinder miteinander gespielt haben. Und ich kann mich sehr gut daran erinnern.« Er grinste.

Giulia nickte.

»Warum lachst du?«, fragte sie und schien immer noch auf der Hut zu sein.

»Ich habe dir damals einen Kuss gegeben und bin dann schreiend davongerannt.« Er musste schmunzeln, als er an die Szene zurückdachte.

»Was?«, rief sie erschrocken. »Ich kann mich nicht daran erinnern. Das ist sehr peinlich.«

»Ja, aber allerdings für mich. Du warst schon damals ein reizendes Mädchen«, erwiderte Luc und gab endlich Gas. Mehr wollte er dazu nicht sagen.

Er sah, wie Giulia sich mit einem Lächeln zurücklehnte und ihren Blick über die Felder streifen ließ, die nur so an ihnen vorbeiflogen. Er versuchte, die Landschaft mit ihren Augen zu sehen, und kam zu dem Schluss, dass es der schönste Flecken auf der Erde war. Er konnte sich glücklich schätzen, hier in der Toskana geboren worden zu sein und zu leben. Ein Lächeln huschte über seine Lippen. Er konnte sich sogar sehr glücklich schätzen.

Ihr Haar flog wirr um ihren Kopf herum, und sie nahm ein Halstuch aus ihrer Tasche, band damit die brünetten Strähnen am Hinterkopf zusammen. Sie hatte sehr schönes Haar, das im Schein der untergehenden Sonne rötlich glänzte. Es passte gut zu ihren grünen Augen, die wie Smaragde leuchteten. Ihre Haut war leicht gebräunt, und kleine Sommersprossen bildeten sich auf Armen und Nase.

Luc nahm die Sonnenbrille vom Spiegel und setzte sie auf, weil die tief stehende Sonne ihn blendete, wenn sie ab und an durch die Zypressenbäume blitzte. In der Luft lag ein feiner Duft nach Nadeln und der Süße der Trauben, die hier überall angebaut wurden. Er fragte sich, ob sie es wahrnahm. Ob sie ein Auge für die Schönheit seines Landes hatte?

Als sie zu ihm hinübersah und lächelte, wusste er, dass es genauso war.

7

ROM,

ENDE MÄRZ 1944

In der Höhle an der Via Ardeatina war es feucht, und es roch unangenehm nach Urin und Erbrochenem. Nicht jeder der Kämpfer hatte einen Magen, der alles aushielt. Es waren Freiheitskämpfer, die sie hier versteckten, während sie darauf warteten, dass sich die Soldaten näherten, die den Auftrag hatten, einfache Menschen zu erschießen. Dies galt es zu verhindern. Die Angst schnürte den jungen Männern und Frauen die Kehle zu, die sich dazu entschlossen hatten, sich dem Widerstand anzuschließen. Sie mussten sich ganz ruhig verhalten, denn es wurde nach ihnen gesucht. Jede noch so leise Bewegung könnte sie verraten und ihren Tod bedeuten.

Bei einem Attentat seiner Leute in Rom waren dreiunddreißig Südtiroler Polizisten des Regiments Bozen an der Kreuzung der Via Rasella und Via del Boccaccio getötet worden. Sie hatten in einem Müllkarren eine Bombe verborgen und zusätzlich eine Mörsergranate präpariert. Nun hatte Hitler den Befehl gegeben, Vergeltung zu üben. Fabrizio hatte eine vage Vorstellung, wie das auszusehen hatte. Sie waren auf der Flucht, und sie wussten nicht, wie sie aus den beiden verbundenen Höhlengängen herauskommen sollten, ohne auch nur einen Mann zu verlieren. Sie hatten von Anfang an gewusst, dass das Unternehmen riskant war und es den Tod bedeuten könnte. Doch das hatte Fabrizio nicht abgeschreckt. Ihm konnte nichts geschehen, da war er sich sicher. Die *Resistenza* brauchte Männer wie ihn. Die mutig waren und niemanden zurückließen, wenn sie ihr Leben verloren.

Natürlich gab es da Marta, seine Schwester, und seine Eltern. Aber sie würden ohne ihn klarkommen. Er stellte sein Leben in den Dienst einer höheren Sache. Sie hatten schon viel erreicht und würden die Welt von dem Diktat einzelner weniger befreien, die nichts Gutes im Schilde führten. Hitler war ein Mörder, doch es gab einen, der in Fabrizios Augen noch viel schlimmer war. Er hatte sein Land und die Menschen verraten. Benito Mussolini. Er war Fabrizios eigentliches Ziel. Erst wenn Italien von diesem Verräter befreit war, würde Fabrizio wieder Ruhe finden.

Ein Geräusch ließ ihn aufhorchen. Dann fiel ein Schuss, und Bewegung kam in die ganze Gruppe. Schreie wurden laut. Man hatte Gefangene in die Höhle gebracht, um Vergeltung zu üben. Einfache Menschen mussten nun dafür büßen, was sie begonnen hatten. Das war nicht gerecht.

»Pezzo di merda!«, knurrte Fabrizio. »Wir müssen die Menschen befreien!«

Michele kam ihm entgegen. »Wir müssen hier raus«, flüsterte er. »Bevor wir entdeckt werden. Es sind zu viele. Wir können nichts ausrichten. Sie sind stark bewaffnet. Die Aktion wäre zu riskant. Sie töten zehn für einen von ihnen, und wir können nichts dagegen machen. Sie verlegen überall Dynamit, also werden sie die Höhle sprengen, wenn das alles hier vorbei ist.«

»Aber wir können die Menschen nicht dafür büßen lassen, was wir getan haben.« Fabrizio war nicht einverstanden damit, dass sie einfach so abhauen wollten.

»Sie werden die Höhle sprengen. Wir können nichts

ausrichten. Da draußen stehen neunzig Mann. Wie wollen wir dagegen ankommen? Wie viele Gewehre haben wir? Fünf? Fabrizio, sei vernünftig. Es wird einen anderen Ort, eine andere Zeit geben, in der wir uns rächen können. Aber nicht heute!«

Michele deutete in die andere Richtung und wies ihn an, mit ihm zu kommen. Erneut erklangen Schüsse. Wieder Schreie und nur schwerlich konnte Fabrizio sich dazu durchringen, Michele zu folgen. Seine anderen Kameraden hatten sich schon längst in Bewegung gesetzt. Er war der Letzte. Michele hatte recht. Allein konnte er nichts gegen so eine Übermacht ausrichten. Wenn sie die Höhle sprengen würden, dann käme er hier nie wieder raus.

Und so rannte er in die entgegengesetzte Richtung. Er wusste nicht, ob am anderen Ende des Höhlenausgangs ebenfalls deutsche Soldaten warteten, doch das war jetzt egal. Er musste weg von hier. Weg von diesem Schauspiel und seinem schlechten Gewissen. Tränen rannen ihm die Wangen hinunter, und er wischte sie mit den Handrücken fort. Die Schreie würde er so schnell nicht vergessen können, ebenso wenig wie sein schlechtes Gewissen.

Zwei Abende später kam er auf dem Weingut an. Marta stand in der Küche, machte gerade den Abwasch, und Anna half ihr.

»Fabrizio! Du bist wieder da.« Seine Schwester fiel ihm um den Hals. »Möchtest du etwas essen?«

Er schüttelte den Kopf. »Nein, ich habe unterwegs etwas bekommen.«

Er griff zu den Gläsern und ging mit einem davon ins Wohnzimmer. Er schüttete sich einen Weinbrand ein, setzte sich vor den Kamin in einen Sessel und starrte ins Feuer.

»Was ist geschehen?«, wollte Marta wissen und ließ sich zu seinen Füßen nieder.

Er blickte sich um, ob noch jemand unten war.

»Anna ist schon zu Bett gegangen.«

»Wo ist Gino?«, wollte er wissen.

»Er schläft im Stall, weil eine der Kühe trächtig ist und die Geburt kurz bevorsteht. Gino macht sich sehr gut und ist äußerst fleißig.«

Fabrizio nickte. »Das ist gut.« Er trank einen Schluck. »Wie geht es Mutter?«

»Nicht besonders gut. Sie schläft die meiste Zeit. Heute hat sie mich noch nicht einmal erkannt. Ich hoffe, dass Papa bald zurückkehrt. Ich weiß mir nicht mehr zu helfen.«

Fabrizio nickte müde. »Das hoffe ich auch.«

»Du wirst wieder gehen, nicht wahr? Wann hört das auf, Fabrizio? Wann können wir wieder ein normales Leben führen?« Marta lehnte ihren Kopf an sein Bein.

»Ich weiß es nicht, Marta. Aber ja, ich muss noch einmal weg. Es gibt da ein Mädchen. Sie ist zusammen mit mir bei der Resistenza. Sie bedeutet mir sehr viel. Ich muss sie dort herausholen.«

»Wie ist ihr Name?«

»Ornella. Sie ist zwanzig und will später einmal Musik studieren.« Er lächelte, als ihr Gesicht vor seinen Augen auftauchte.

»Du hast dich verliebt.« Es war keine Frage, sondern eine Feststellung. Seine Schwester kannte ihn einfach zu gut.

»Ja, das habe ich«, gab er zu. Es war ein Fortschritt. Er war nicht gut darin, solche Dinge preiszugeben. Doch endlich hatte er sich ein Stück weit geöffnet.

»Dann musst du sie retten und hierherbringen«, forderte Marta. »Wenn Papa nicht zurückkehrt, sind wir auf uns allein gestellt.«

»Das werde ich. Morgen muss ich wieder los.«

»Morgen! So schnell schon wieder?« Marta erhob sich, und auch Fabrizio stand aus dem Sessel auf.

»Ja, aber ich werde bald zurückkehren. Doch ich habe noch etwas zu erledigen, bevor ich mich schlafen lege.« Er blickte auf seine Schwester hinunter, die nickte und ihm einen Kuss auf die Wange gab, dann ging sie hinauf ins Obergeschoss. Ihre Füße waren schwer, sie war müde und schaffte es kaum noch ins Bett.

Marta wusste, dass Fabrizio Geheimnisse vor ihr hatte, und sie wollte auch im Einzelnen gar nicht wissen, was es war. Doch als sie mitten in der Nacht Klopfgeräusche hörte, musste sie in Erfahrung bringen, was da vor sich ging. Leise, damit Anna nicht aufwachte, schlich sie aus dem Bett, zog ihren Morgenmantel über das Nachthemd, und schlich auf nackten Füßen die Treppe hinunter. Sie durchquerte den Flur, ging ins Wohnzimmer, um von dort in die Küche spähen zu können.

Fabrizio kniete auf dem Boden und klopfte die Steine auf, zerstörte den Mörtel, der die Steine verfugt hatte. Was machte er denn da? Der Boden war in Ordnung. Warum löste er die Steine? Marta hatte dafür keine Erklärung, aber es musste etwas Wichtiges sein.

Sie fasste sich ein Herz und betrat leise den Raum.

»Was machst du da?«, flüsterte sie, und Fabrizio fuhr erschrocken herum.

»Stupido! Marta! Was schleichst du hier herum, du hast mich zu Tode erschreckt.«

»Ich habe Geräusche gehört«, gab sie zu und blickte auf den Boden. »Was soll das denn?«

Fabrizio nahm etwas vom Tisch und legte es unter die Steine, wo er einen kleinen Hohlraum ausgegraben hatte. Dann fügte er die Bodenplatten darüber und verfugte sie neu.

Er wischte sich die Hände an einem Lappen ab, säuberte dann den Boden. »Du musst aufpassen, dass niemand dort herumtrampelt, solange es noch nicht getrocknet ist. Ich habe dort etwas versteckt, das niemand finden darf, hörst du.«

Er fasste nach Martas Händen. »Niemand darf es wissen. Es ist unsere Versicherung. Wenn mir etwas geschieht, dann öffnest du das Versteck, aber erst dann.«

Marta hatte genau zugehört und nickte. »Okay, ich werde aufpassen. Aber was hast du dort versteckt? Geld?«

Fabrizio schüttelte den Kopf. »Nein, etwas viel Wertvolleres als Geld. Es ist nur für den Notfall gedacht. Behalte das Geheimnis für dich. Sprich mit niemandem darüber, auch nicht mit Anna. Hast du mich verstanden? Versprich es mir.«

Marta nickte. »Ja, ich habe dich verstanden und werde es für mich behalten. Beim Leben unserer Eltern.«

»Das ist gut.« Fabrizio küsste ihre Stirn und schob sie Richtung Tür. »Geh jetzt ins Bett. Du brauchst deinen Schlaf.«

»Aber du auch. Du musst dich auch ausschlafen. Du darfst nicht schon wieder gehen.«

»Marta, ich muss. Der Widerstand braucht mich. Ornella braucht mich. Ich tue das doch für uns, für unser Land. Wir wollen doch frei sein. Ich kämpfe dort draußen, und du kämpfst hier zu Hause. Ich habe dich lieb. Und jetzt geh ins Bett.«

Marta tat genau das, was ihr Bruder sagte, doch an der Schwelle blieb sie noch mal stehen und drehte sich um. »Fabrizio?«

»Ja.«

»Pass auf dich auf. Ich hab nur noch dich. Wir müssen uns auch um Anna und Gino kümmern. Sie haben niemanden mehr außer uns.«

Er nickte. »Natürlich. Das werden wir. Wenn ich wieder da bin, machen wir es zusammen.«

8

FLORENZ,

SEPTEMBER 2018

Giulia hatte schon viele europäische Städte gesehen, doch Florenz kannte sie noch nicht. Sie musste zugeben, dass sie bisher etwas verpasst hatte. Die Stadt war ein echter Augenschmaus, wenn man auf Nostalgie, alte Gemäuer und Geschichte stand. Zum Glück waren das genau die Dinge, an denen Giulia Gefallen fand. Die Fahrt hatte mehr als eine Stunde gedauert, und langsam begann es zu dämmern. Die Lichter der Stadt tauchten die Gebäude in ein geheimnisvolles Orange. Es war zum Glück nicht mehr so warm wie den ganzen Tag über. Eine leichte kühle Brise kam auf und brachte reine Luft in die Gassen.

»Worauf hast du Lust? Was isst du gerne?«, fragte Luc, der neben ihr die Piazza del Duomo entlanglief.

»Such du etwas aus, ich esse so gut wie alles. Da ist die Kathedrale. Oh, die muss ich mir unbedingt von innen ansehen«, rief sie voller Begeisterung und steuerte auf die Kirche zu. Einige Touristen kamen ihr entgegen, die das Gotteshaus gerade verließen.

In der Kirche war es überraschend kühl. Zu so später Stunde waren nur noch wenige Touristen anwesend. Durch gezielte Spots, die vom Deckengewölbe ein angenehmes

Licht verbreiteten, war im Innenraum alles gut ausgeleuchtet. Die Sonne fiel orange durch die Buntglasfenster. Die Absätze ihrer High Heels klapperten laut auf dem Mosaiksteinboden. Bedächtig bewegte sich Giulia vorwärts, sah sich die Skulpturen in den Nischen genau an. Sie war begeistert von der Vielfältigkeit. Schon das Mosaik über dem Hauptportal war beeindruckend gewesen.

»Möchtest du eine kleine geschichtliche Führung?«, fragte Luc, der sie dabei beobachtete, wie sie, wie ein Kind mit großen Augen, den Gang entlangschlenderte.

»Bietest du dich an?«, wollte sie überrascht wissen.

»Nun ja, ich kenne mich zumindest ein wenig aus. Das Kirchenschiff fasst um die dreißigtausend Gläubige. Vierzehnhundertsechsunddreißig wurde die Kathedrale eingeweiht, und die Kuppel, sie ist das Hauptwerk Brunelleschis, gilt als technische Meisterleistung der frühen Renaissance. Wenn ich mich nicht irre, ist sie die viertgrößte Kathedrale der Welt. Der Campanile stammt von Giotto. Dieser Glockenturm hat für die italienische Gotik eine ungewöhnliche Position, man wollte die Sichtachse auf die große Kuppel freihalten. Als Giotto verstarb – er war immerhin schon achtundsechzig –, beendeten Pisano und Talenti den Bau des Turms, der ein niedriges Pyramidendach bekam. Wir können ihn uns gerne später draußen ansehen.«

Giulia hatte ihm gebannt gelauscht. Sie war beeindruckt, was er alles über die Kathedrale wusste.

»Ich bin fasziniert, was du so weißt. Hast du das alles auswendig gelernt, um Frauen zu imponieren?«, fragte sie mit einem Lächeln auf den Lippen.

»Ich interessiere mich für Architektur und ihre Geschichte. Ist das so sonderbar? Außerdem habe ich früher Touristen durch die Stadt geführt, um mir etwas Geld dazuzuverdienen. Ist das ehrenvoll in deinen Augen?«, fragte er und legte einen Arm um ihre Schultern.

Zwar war Giulia davon überrascht, ließ es aber zu. Dieser gelöste, gut gelaunte Luc gefiel ihr ausgesprochen gut. Er war ein ganz anderer Mann als der, den sie erst gestern kennengelernt hatte. »Was kannst du mir über die Kuppel erzählen?«

Gemeinsam wanderten sie weiter, bis sie die Kuppel erreichten und in der Mitte stehen blieben.

»Die Kuppel ist über einhundert Meter hoch. Sie hat einen Durchmesser von fünfundvierzig Metern und wurde ohne Lehrgerüst errichtet. Sie trug sich also von Anfang an selbst. Das muss man sich mal vorstellen. Welche Genies zu dieser Zeit am Werk waren.« Seine Augen leuchteten, man sah ihm die Begeisterung geradezu an.

»Wie lange hat man an der Kuppel gebaut?«, wollte Giulia wissen.

»Sechzehn Jahre, also gar nicht so lange, wenn man das Jahrhundert beachtet. Es gab ja schließlich keine Maschinen. Das Fresko wurde von Giorgio Vasari begonnen, aber erst sieben Jahre später von Federico Zuccari beendet. Vasaris Traum war es, Michelangelos *Jüngstes Gericht* in der Sixtinischen Kapelle zu übertreffen. Die Meinungen gehen da weit auseinander, ob es ihm gelungen ist. Der Vatikan sieht das natürlich nicht so.«

»Warst du mal im Vatikan?«

Er schüttelte den Kopf. »Nein, dazu fehlt mir einfach die Zeit. So, genug Architektur. Ich habe jetzt Hunger.« Er ließ sie wieder los und steuerte auf den Ausgang zu. »Komm, ich kenne ein tolles florentinisches Restaurant. Wenn du schon mal hier bist, solltest du auch unsere gute Küche zu schätzen lernen.«

Giulia bestaunte noch die Campanile, den hohen Glockenturm, sie stiegen allerdings nicht mehr hinauf, er hatte schon geschlossen.

»Das werde ich mir vor meiner Abreise noch genauer ansehen«, erklärte sie, und dann liefen sie in östlicher Richtung, mit schnellen Schritten, da Luc wohl großer Hunger plagte, wie Giulia vermutete.

»Dann werde ich dir von den unterschiedlichen Glocken erzählen«, sagte er und grinste breit.

In der Borgo Pinti lag das Restaurant *La Giostra.* Der Weg war nicht weit von der Kathedrale entfernt. Die Location lag in einem kellerähnlichen Gewölbe ohne Fenster, dafür mit indirekter Beleuchtung. Die Decke war mit Tausenden von kleinen Birnen bestückt, Kerzen auf den weißen Tischdecken sorgten für eine heimelige Atmosphäre, wie Giulia feststellte, als sie ihren Blick schweifen ließ.

»Ah, Luc, mein Freund! Ich freue mich, dich endlich einmal wiederzusehen«, rief der Restaurantleiter und nahm Luc in die Arme. Danach glitt sein Blick zu Giulia hinüber. »Du bist heute in Begleitung?«

Luc lachte. »Ja, das bin ich. Darf ich dir Giulia Roselly vorstellen? Sie ist die Großnichte von Fabrizio. Giulia, das ist Soldano. Er ist das Herzstück dieses Restaurants.«

»Giulia, willkommen im *La Giostra*. Ich habe den schönsten Tisch für euch. Du hättest vorbestellen müssen, Luc.« Er sah ihn strafend an.

»Es tut mir leid, dieser Besuch ist eher spontan entstanden.« Luc sah kurz zu Giulia hinüber. Sie standen an der Bar, und so wie es aussah, waren alle Tische besetzt.

»Wir können auch woanders etwas essen«, schlug Giulia vor, was ihr einen strengen Blick von Soldano einbrachte.

»Ihr wollt mich doch wohl nicht beleidigen. Für meine besten Gäste habe ich immer einen Tisch. Gebt mir ein paar Minuten. Es wird gleich etwas frei«, sagte er leise, und Giulia hoffte, dass er nicht einfach jemanden vor die Tür setzte. »Marco, gib meinen Freunden ein Glas Wein«, rief er dem Mitarbeiter hinter der Bar zu und machte sich auf den Weg.

»Wir hätten wirklich vorbestellen sollen«, meinte Giulia und nahm dankbar das Weinglas von Marco entgegen.

Luc winkte ab. »Soldano ist ein Organisationstalent. Mach dir keine Gedanken. So lange genießen wir meinen Wein.«

»Deinen Wein?« Giulia probierte und musste feststellen, dass ihr der Geschmack bekannt vorkam.

»Sie bieten ihren eigenen Wein an, aber auch einige von meinen. Ich bin darauf sehr stolz. Dieses Restaurant ist eine der besten Adressen in Florenz.«

Es dauerte nicht lange, da bekamen sie einen Tisch im hinteren Bereich des Lokals. Hier war es weniger laut und etwas intimer als am Eingang.

»Was kannst du uns empfehlen?«, fragte Luc und warf keinen Blick in die Karte.

»Ich kann dir Carpaccio di Polpo di Scoglio von Patate als Vorspeise empfehlen. Der Oktopus ist fangfrisch. Als Hauptspeise wäre Tagliatelle mit Calamari und Kirschtomaten eine gute Wahl. Ich weiß ja, dass du gerne Meeresfrüchte isst.«

Luc sah Giulia fragend an. »Bist du dabei?«

Ein Lächeln glitt über ihre Lippen.

»Sehr gern. Ich bin ebenfalls ein Kind des Meeres«, gab sie preis.

»Sehr gut«, lobte Soldano und nahm die Bestellung auf, machte sich dann auf den Weg. Kurze Zeit später wurde Brot mit einer Auberginen- und einer Zucchinicreme gereicht.

Luc griff sofort zu, doch dann besann er sich und reichte ein Brot an Giulia weiter. »Die musst du probieren. Sie sind so köstlich.«

Er hatte recht. Das Brot und auch die Cremes waren ein Traum. »Also, wenn das Essen so gut ist wie das Amuse-Gueule, dann war die Entscheidung für dieses Restaurant goldrichtig.«

Giulia schnappte sich ein weiteres Brot, bevor nichts mehr übrig war.

Die Vorspeise war ein Gedicht. Luc hatte wirklich nicht

zu viel versprochen. Das Restaurant wurde seinem ausgezeichneten Ruf gerecht, und auch die Hauptspeise ließ Giulia leise aufstöhnen, so gut schmeckte es ihr.

»Ich sollte überlegen, ob ich nicht wegen des guten Essens nach Italien ziehen sollte«, erklärte sie mit einem Lachen auf den Lippen und legte die Serviette zur Seite, als sie alles aufgegessen hatte.

»Gibt es in London keine guten Restaurants?«, fragte er nach.

»Doch, natürlich. Nur dieses Ambiente, das kann London nicht bieten.«

Luc lehnte sich entspannt auf dem Stuhl zurück. Er hatte gut gegessen, in erquicklicher Gesellschaft. Der Abend war angenehmer verlaufen, als er vermutet hatte. Er hatte Giulia für eine steife und arrogante Engländerin gehalten, doch sie war offen und humorvoll. Wer hatte damit rechnen können?

»Erzähl mir etwas über dich«, forderte er sie auf und füllte ihre Gläser, nachdem er bereits eine weitere Flasche Wein geordert hatte. Er sollte Anna Bescheid geben, dass sie in Florenz übernachten mussten, denn er konnte nun nicht mehr Auto fahren. Luc fragte sich, ob Giulia sich dessen bewusst war.

»Es gibt nicht viel über mich zu erzählen«, gab sie zu. »Ich arbeite viel. In den letzten Jahren habe ich zusammen mit einer Freundin ein Immobilienbüro aufgebaut. Wir haben mittlerweile zwei Angestellte, sodass ich es ruhiger angehen kann, was mir allerdings schwerfällt. Amanda wird im nächsten Jahr heiraten und vermutlich auch Kinder bekommen, ich weiß nicht, wie es dann weitergehen wird.« Sie trank einen Schluck und blickte ihn erwartungsvoll an. Möglicherweise wollte sie auch etwas aus seinem Leben erfahren.

»Und du willst nicht heiraten und Kinder bekommen?«, hakte er nach.

Sie hob die Schultern. »Es gibt niemanden in meinem Leben, den ich heiraten könnte. Natürlich möchte ich auch Kinder, nur gehe ich die Sache gerne der Reihe nach an. Ich möchte nicht plötzlich als alleinerziehende Mutter dastehen. Nonna gefällt das natürlich überhaupt nicht. Sie ist der Meinung, dass eine Frau hinter den Herd gehört. Sie ist altmodisch ... oder romantisch, wie sie es nennen würde.«

Ein spöttisches Lächeln zog über ihr schönes Gesicht. Ihre grünen Augen leuchteten dabei, und das brünette Haar schimmerte im Lichtschein der Kerzen.

Sie hatte große Ähnlichkeit mit der jungen Marta, wie er auf den alten Fotos feststellen konnte, die in Fabrizios Haus hingen.

»Dein Leben hätte auch ganz anders verlaufen können, wäre Marta nicht nach London gegangen. Weißt du, warum sie die Toskana verlassen hat?«, fragte Luc. Das hatte ihn immer interessiert, aber weder Anna noch Fabrizio hatten ihm je eine Antwort darauf gegeben.

Langsam schüttelte Giulia den Kopf. »Nein, nicht wirklich. Ich weiß, dass es einen großen Streit zwischen Marta und Fabrizio gegeben hat. Sie haben sich wegen etwas zerstritten, noch bevor meine Mutter auf die Welt kam. Mariella, also meine Mutter, wurde bereits in London geboren, dahin war sie mit Gabriel, ihrem Mann, gezogen. Damals waren die beiden noch nicht verheiratet. Ich weiß, dass sie erst in London geheiratet haben.«

»Fabrizio kann diese Frage leider nicht mehr beantworten«, murmelte er leise.

»Glaubst du, er hätte dir eine Antwort darauf gegeben?« Giulia schien das nicht ganz zu glauben.

Er schüttelte den Kopf. »Sicherlich nicht. Fabrizio war

wie ein Vater für mich, aber er hatte seine Geheimnisse, die er selbst mir nicht erzählte.«

Leicht beugte sich Giulia vor.

»War er dein Vater?«, fragte sie leise nach.

Überrascht schüttelte Luc den Kopf und lachte leise. »Nein, dafür war Fabrizio wohl ein wenig zu alt. Mein Vater war ein Wanderarbeiter, ich kenne ihn nicht einmal. Er hat nur eine Saison auf dem Weingut gearbeitet und ist dann verschwunden. Meine Mutter hat nur einen Sommer mit ihm verbracht. Sie bekam dann noch Pietro, auch sein Vater hat uns schnell verlassen. Meine Mutter hatte leider kein Glück mit Männern. Sie starb sehr früh an einer Blutvergiftung. Ich habe kaum Erinnerungen an sie. Meine Großeltern haben mich aufgezogen. Gino war der beste Freund von Fabrizio. Er hatte ihn aus dem Benediktinerkloster in Montecassino gerettet. Es war im Zweiten Weltkrieg von den Alliierten bombardiert worden. Fabrizio gehörte damals der Resistenza an, kämpfte für den Widerstand gegen Mussolini und Hitler. Er war ein sehr mutiger Mann. Mein Großvater wollte Mönch werden, doch das Schicksal hat anders entschieden. Leider ist er auch schon verstorben, jetzt ist nur noch meine Großmutter übrig.«

Giulia hatte gebannt zugehört. »Aha. Und wer ist deine Großmutter?«, fragte sie interessiert. »Lebt sie auch auf dem Gut?

Ein kleines Lächeln glitt über seine Züge. »Natürlich lebt sie auch dort. Aber du kennst sie doch. Anna ist meine Großmutter.«

9

CASTELLACCIO,

MITTE JUNI 1944

Es war ein brütend heißer Tag. Die kleine Trauergemeinde auf dem Friedhof im Dorf stand verloren am Grab. Der Pastor segnete den Sarg, der Minuten zuvor in das dunkle leere Loch hinuntergelassen worden war. Marta blickte in die Gesichter, die sich um sie herum versammelt hatten. Die Trauer in den müden Augen entsprach auch ihrem Gemütszustand.

Die Nachricht, dass ihr Vater gefallen war, hatte ihr gleich zwei geliebte Menschen genommen. Ihre Mutter hatte immer darauf gewartet, dass ihr Mann zurückkehren würde, doch als anstatt seiner seine Todesnachricht eingetroffen war, hatte auch ihr Herz aufgehört zu schlagen. Der Doktor meinte, es wäre der Typhus gewesen, doch Marta wusste, sie war an gebrochenem Herzen gestorben. Dass Fabrizio noch nicht wusste, was geschehen war, ließ Martas Mut sinken. Wie sollte sie ihm das alles erklären, wenn er wieder zurückkehrte? Sie hatte keine Ahnung.

Der Pastor verabschiedete sich, und auch Marta ging mit Anna und Gino zurück zum Weingut. Sie hatten eine Stunde Fußweg vor sich. Die Sonne schien erbarmungslos vom Himmel und schien Löcher in ihr schwarzes Kleid zu brennen. Sie war das alles so leid. Wann würde das ein Ende haben? Diese ständige Angst um Fabrizio, ob ihm auch nichts zustieß. Er war auf einem gefährlichen Pfad unterwegs. Getrieben von Hass auf die Besatzer. Wenn auch er nicht mehr zurückkehren würde, wäre das gleichermaßen Martas Ende, so viel war sicher. Sie wollte nicht in einer Welt leben, in der sie alles verloren hatte.

Doch jetzt musste das Leben erst einmal weitergehen. Ohne dass sie etwas sagen musste, zog Gino seinen Sonntagsanzug aus und ging in die Weinfelder, die Reben mussten beschnitten werden. Auch Anna hatte sich bereits umgezogen und hantierte in der Küche, um für das Abendessen alles vorzubereiten. Nur Marta war noch nicht dazu gekommen, sich umzuziehen, weil sie im Wohnzimmer über dem Kamin eine Kerze für ihre Eltern angezündet hatte, als plötzlich die Hintertür in der Küche aufflog. Ein Soldat stand dort und hielt sich noch mit letzter Kraft am Rahmen fest.

»Wasser«, flüsterte er. »Acqua.« Dann brach er zusammen.

»Anna, hol etwas Wasser«, befahl Marta und blickte zu dem jungen Mädchen, das sich starr vor Schreck nicht bewegte.

»Anna, was ist denn los! Hol Wasser«, rief Marta aufgebracht.

»Das … das ist ein deutscher Soldat«, sagte Anna voller Angst und Verachtung.

»Das ist ein Mensch, und jetzt hol endlich Wasser«, zischte Marta, und endlich lief Anna los, zum Brunnen, um Wasser zu schöpfen.

Marta öffnete die Jacke des Mannes, der kaum noch bei Bewusstsein war, damit er besser Luft bekam. Anna trug einen schweren Wassereimer, tauchte einen Krug hinein und schüttete dann einen Becher voll. Vorsichtig benetzte Marta die Lippen des jungen Mannes mit dem kühlen Nass, und er begann zu trinken.

»Grazie«, murmelte er und schlug die Augen auf.

Er trank in kleinen Schlucken und schien langsam wieder zur Besinnung zu kommen.

»Was ist mit Ihnen?«, wollte Marta wissen.

Er sagte etwas, was Marta nicht verstand.

»Er spricht Deutsch. Er ist ein deutscher Soldat«, bemerkte Anna, die sich die Uniform des Mannes genauer ansah. Obwohl seine Augen braun waren, das Haar fast schwarz. Er zog seine dunklen Augenbrauen zusammen, sah sie zweifelnd an. Er hatte schöne Lippen, auch wenn sie rissig und aufgeplatzt waren.

»Disertore«, murmelte er und versuchte sich aufzusetzen.

»Er ist von seiner Einheit geflohen«, murmelte Anna und beäugte ihn misstrauisch.

»Er wird seine Gründe haben.« Marta stützte ihn und wollte ihm auf die Beine helfen, da drangen fremde Geräusche an ihr Ohr. Noch weit entfernt, aber sie kamen immer näher.

Plötzlich war Motorenlärm zu hören. Da kam ein Lastwagen den Weg von der Straße hinauf.

»Sie suchen ihn«, rief Anna, und Panik breitete sich auf dem Gesicht des Mädchens aus.

»Los, Anna, versteck ihn im Schuppen unter den Kartoffeln. Mach schnell. Man darf ihn hier nicht finden, sonst werden sie uns alle erschießen«, rief Marta, und gemeinsam halfen sie dem jungen Mann auf die Beine.

Der Vorratsschuppen war durch das Haus erreichbar, da das kleine Gebäude direkt daran grenzte, was den Vorteil hatte, dass man im Winter nicht in die Kälte hinaus musste. Sobald sich die Tür geschlossen hatte, trat Marta aus dem Haus, um nachzuschauen, wer da mit dem Wagen vorfuhr. Es waren zwei. Ein großer LKW, von dem rund zehn

Soldaten von der Ladefläche sprangen und Aufstellung nahmen, sowie ein kleiner Funkkraftwagen. Es waren deutsche Soldaten, da sie die gleichen Uniformen trugen wie der Mann, den sie gerade unter den Kartoffeln versteckten. Ein Kommandant stieg aus dem kleineren Wagen, kam auf sie zu.

»Guten Tag, Signora. Papiere bitte«, forderte er im einwandfreien Italienisch.

»Un momento, per favore.« Marta ging in den Flur, um die Papiere aus ihrer Handtasche zu holen. Einer der Soldaten war ihr gefolgt, um zu sehen, was sie da machte.

»Wer lebt hier alles auf dem Gut?«, wollte der Kommandant von ihr wissen. Er war mittleren Alters, nur so groß wie Marta, hatte eine Hakennase und schiefe Zähne.

»Anna, meine Cousine, und ihr Bruder Gino. Mein Vater und mein Bruder sind bereits gefallen«, erklärte sie mit ruhiger Stimme. Ihre Hände zitterten fürchterlich, doch sie versuchte, die Ruhe zu bewahren.

»Wo ist dieser Gino?«, wollte der Deutsche wissen.

Sie deutete zu den Hängen mit den Weinreben. »Er arbeitet im Weinberg. Die Ernte ist bald fällig.«

Der Kommandant gab einen Befehl, und zwei der Soldaten machten sich auf den Weg. Zwei weitere gingen ins Haus.

»Im Haus ist niemand, nur Anna. Sie ist noch ein Kind«, erklärte Marta, doch wurde überhaupt nicht gehört. »Was ist denn los?«, fragte sie, nun nicht mehr so freundlich.

»Wir suchen einen Deserteur. Haben Sie jemanden gesehen? Ist hier ein Soldat vorbeigekommen? Ein deutscher Soldat?«

Marta schüttelte scheinheilig den Kopf. »Es tut mir leid, ich habe niemanden gesehen.«

Die beiden Soldaten kamen aus dem Haus und zerrten Anna hinter sich her. Für einen Augenblick setzte Martas

Herzschlag aus. Aber außer Anna und den beiden Soldaten kam niemand heraus.

»Das ist Anna, meine Cousine. Sie ist erst zehn Jahre alt«, tat Marta kund.

Aus den Feldern kam Gino angelaufen. Ein Schuss war zu hören.

»Halt! Warum schießen Sie. Der Junge ist erst vierzehn, er ist ein Kind. Er ist kein Soldat, sondern ein kleiner Junge«, rief Marta aufgeregt.

Der Kommandant gab einen Befehl, den Marta nicht verstand. Sie lief schützend auf Gino zu.

»Was macht der Junge hier?«, bellte der Kommandant los.

»Er hilft bei der kommenden Ernte. Ich habe keine Ahnung, was Sie hier suchen, aber hier ist niemand. Ich bin ganz allein. Sie sollten zusehen, dass Sie hier mit Ihren Männern verschwinden. Ich habe mit dem Krieg nichts am Hut!«, rief sie aufgebracht und trat einen Schritt auf den Soldaten zu.

Sofort legten die Männer mit ihren Gewehren an und zielten auf sie.

»Sie wollen mich erschießen? Eine Frau?« Marta war so unglaublich wütend. »Soll ich Ihnen etwas sagen, hier und heute wird niemand mehr erschossen. Wir haben heute meine Mutter beerdigt, eine Tote an diesem Tag reicht doch wohl. Sie ist an Typhus gestorben. Wenn Sie sich nicht auch anstecken wollen, sollten Sie so schnell wie möglich Ihre Männer einpacken und von hier verschwinden, Comandante. Aber vielleicht haben Sie ja auch Lust, mir bei der Ernte zu helfen, wo der Krieg mir doch meinen Vater und Bruder genommen hat.«

Sie stand ihm so nah, dass sie seinen Schweißgeruch riechen konnte. Sie rieb ihre feuchten Hände an ihrem schwarzen Kleid ab. Es war so unglaublich warm, dass Wasser ihren Rücken hinunterlief. Es juckte, doch sie bewegte sich keinen Millimeter. Ihr Blick bohrte sich in den des Soldaten, der als Erster wegsah. Das verbuchte sie als kleinen Erfolg. Er hob seine Hand, und der Soldat, der immer noch mit dem Gewehr auf sie zielte, nahm es runter.

»Aufsitzen! Wir fahren weiter!«, rief er laut, und die Soldaten gehorchten sofort. Einer von ihnen gab Gino einen Stoß, sodass er auf die Knie fiel, und Anna war mit zwei Schritten bei ihm, um ihm wieder auf die Beine zu helfen. Er hatte Blut an der Lippe, die Männer mussten ihn wohl geschlagen haben, doch er war am Leben. Er bekreuzigte sich und sprach leise ein Gebet.

Der Kommandant salutierte vor Marta und stieg in den Funkwagen, der mit rasender Geschwindigkeit davonfuhr. Der LKW mit den übrigen Soldaten ratterte ebenfalls davon, als alle eingestiegen waren, und hinterließ eine Staubwolke, die für einige Sekunden die Sicht vernebelte.

»Was war denn hier los?«, fragte Gino und zitterte immer noch am ganzen Körper.

»Anna, kümmere du dich um Gino, er blutet. Versorge seine Wunde. Ich gehe in den Schuppen.«

Anna nickte ihr zu und nahm Gino an die Hand, zog ihn in Richtung Haus. Leise tuschelte sie und erzählte vermutlich von dem deutschen Soldaten, den sie unter den Kartoffeln versteckt hatten.

Marta schloss die Tür des Schuppens hinter sich und räumte die Kartoffeln zur Seite. Langsam kam darunter der Mann hervor. Voller Angst blickte er sie an. Als er Marta erkannte, atmete er erleichtert auf.

»Sie sind weg«, erklärte sie und befreite ihn vom Rest der Kartoffeln. Es roch nach Kalk. Gino hatte den Schuppen erst vor Kurzem neu gestrichen. Sie konnten von Glück sagen, dass sie in diesem Jahr noch so viele Frühkartoffeln geerntet hatten, dass er sich darunter hatte verstecken können. Die

Soldaten hatten ihn nicht gefunden. Was ein wahres Wunder war.

»Wie ist dein Name?«, fragte sie.

Er sah sie nur verständnislos an.

»Sono Marta«, erklärte sie und zeigte auf sich.

»Sono Gabriel«, sagte er.

Er hieß also Gabriel.

»Gabriel Kaufmann. Ich komme aus Hamburg. Città Hamburg in Germania.«

Deutschland … sie verstand.

»Mangiare?«, fragte Marta und zeigte auf die Kartoffeln und dann auf Gabriel.

Er nickte dankbar.

Sie nahm seine Hand und half ihm auf die Beine. Dabei fiel ihr Blick auf die Jacke, die er trug. Sie zerrte ihm das Teil von den Schultern und versteckte es hinter den Holzscheiten, die an der Wand aufgereiht waren. Diese Jacke musste verschwinden, am besten die ganze Uniform, nur konnte sie den Mann ja hier nicht gänzlich ausziehen. Sie würde sie in der Nacht verbrennen.

Zusammen betraten sie die Küche. Marta stützte ihn und setzte ihn auf einen Stuhl.

»Wer ist das?«, fragte Gino, der den Mann neugierig musterte. Anna hatte etwas Salbe auf seine Lippe gegeben und ihm ein Pflaster auf der Stirn verpasst.

»Das ist Gabriel. Er ist ein Deserteur. Wegen ihm waren die Soldaten hier. Er ist Deutscher«, berichtete Marta in knappen Worten.

»Er bringt uns alle in Gefahr«, sagte Anna leise. Sie war jung, doch für ihr Alter sehr reif und wusste, was das alles zu bedeuten hatte. Diese Kinder hatten früh ihre Kindheit verloren. Sie sahen jung aus, handelten aber wie Erwachsene, weil sie es mussten. Anna wirkte böse, dabei hatte sie nur Angst. Wie alle im Raum.

»Ja, schon möglich. Aber er ist ebenfalls in Gefahr«, sagte Gino. Dem Jungen war anzumerken, dass sein Wunsch, Mönch zu werden, tief in ihm verwurzelt war. Er glaubte an das Gute und sah in Gabriel einen Menschen, die Nationalität war ihm egal.

»Was hast du jetzt vor?« Anna überging Ginos Einwand, blickte nur Marta an.

»Er wird hierbleiben.«

»Wie lange denn?« Anna ließ nicht locker.

»Solange es notwendig ist.« Allmählich verlor Marta die Geduld, und ihre Stimme wurde drängender.

»Wenn Fabrizio zurückkommt, wird die Hölle los sein. Er wird niemals dulden, dass wir einem Deutschen Obdach gewähren«, murmelte Anna und verließ die Küche.

Sie hatte recht. Fabrizio würde es nicht zulassen, dass sie einem Feind Unterschlupf anboten. Doch Marta würde diesen Mann nicht einfach so vor die Tür setzen und ins offene Messer laufen lassen. Er war kein Feind, er hatte sich gegen den Feind gestellt. Der Feind deines Feindes ist dein Freund. War es nicht so?

Marta holte ein Stück Brot hervor und bestrich es mit Butter. Schnitt zusätzlich etwas selbstgemachten Käse ab und schob es dem Mann über den Tisch.

»Mangiare«, erklärte sie, und wie ein Verhungernder machte sich der Soldat über das Essen her.

Gino erhob sich und stellte ihm einen Becher Milch hin. »Der Mann ist ganz ausgehungert.«

»Keine Ahnung, wann er zuletzt etwas gegessen hat.« Marta schüttelte den Kopf und sah zum Fenster hinaus. Nicht, dass die Soldaten heimlich zurückkehrten. Denen war alles zuzutrauen.

Gabriel holte ein kleines Notizbuch aus der Hemdtasche und blätterte darin herum.

»Sabato!«, sagte er langsam.

»Samstag? Er hat verstanden, was wir gesagt haben. Sprichst du unsere Sprache?«, fragte Gino in deutlichen Worten.

»Un po‘ … ein wenig«, entgegnete Gabriel, und ein kleines Lächeln glitt über sein Gesicht.

Marta starrte ihn unverwandt an. Wenn er lächelte, sah er gar nicht mehr gefährlich aus, sondern … freundlich und nett, obwohl er ziemlich verdreckt war. »Das ist gut. Du kannst hierbleiben, vorerst. Wenn du bereit bist, auf dem Gut zu helfen.«

»Sì … Grazie.« Er verbeugte sich und aß dann schnell weiter.

»Er kann bei dir schlafen, Gino. In Fabrizios Bett. Ich habe keine Ahnung, wann mein Bruder zurückkommt, ob er überhaupt je zurückkommt. Zeig ihm, wo er sich waschen kann.«

»Natürlich, Marta. Es ist gut, dass du ihn nicht verraten hast. Gott wird dir deine Nächstenliebe danken«, erklärte Gino mit einem Lächeln.

»Gott vielleicht, aber bei Anna sieht es wohl anders aus«, murmelte Marta und machte sich auf die Suche nach dem Mädchen. Nicht, dass sie noch etwas Dummes anstellte.

Im Schrank suchte Marta nach frischen Sachen. Sie fand ein weißes Unterhemd, ein kariertes Baumwollhemd und eine Cordhose. Die Sachen waren alt, aber sauber und in ordentlichem Zustand. Sie hatten ihrem Vater gehört, doch er brauchte sie ja nicht mehr. Was trug man wohl im Himmel, überlegte sie. Mit Sicherheit keine karierten Hemden und braunen Cordhosen.

Sie würde Gabriel die Kleidung ins Bad legen, dann konnte er sich umziehen. Gedankenverloren öffnete sie die

Tür und hielt erschrocken inne, als sie in dem kleinen Raum einen Mann vorfand. Gabriel.

»Oh, scusi«, stammelte sie verlegen.

Gabriel stand mit nacktem Oberkörper vor dem Waschbecken und hatte sich gerade frisch rasiert. Es roch angenehm nach Seife in dem Raum. Sie hatte sie selbst hergestellt, mit Lavendel. Er nahm ein Handtuch und wischte sich den Rest des Rasierschaums aus dem Gesicht.

Marta hielt ihm die Kleidung entgegen. »Hier, für dich. Die Kleider gehörten meinem Vater, aber er braucht sie nun nicht mehr.«

»Grazie«, sagte Gabriel mit angenehm weicher Stimme. Er sah schon wesentlich besser aus, es schien ihm auch besser zu gehen, nachdem er etwas gegessen und getrunken und sich gewaschen hatte.

»Grazie, Marta«, sagte er wieder und lächelte leicht.

»Prego«, erwiderte Marta und lächelte ebenfalls zurück. Sie sollte sich umdrehen und gehen, doch etwas hielt sie zurück.

Sie bemerkte den Blick, der ihrem schwarzen Kleid galt.

»Meine Mutter ist gestorben. Wir haben sie heute beerdigt«, erklärte sie mit langsamen Worten. Er schien zu verstehen, was sie sagte. Anscheinend verstand er wesentlich besser Italienisch, als er es sprach.

»Das tut mir leid. Mein Beileid.« Echtes Mitgefühl spiegelte sich in seinen Augen wider.

Sie nickte, und endlich nahm er ihr die Kleidung ab. Dabei berührten sich ihre Hände für einen kurzen Augenblick. Es war, als würde ein Blitz durch ihren Körper strömen. Aber statt ihre Hände wegzuziehen, hielt sie ganz still. Es war Gabriel, der den Kontakt unterbrach und die Kleidung zur Seite legte.

Marta wandte sich ab und war plötzlich enttäuscht. Sie wusste gar nicht, warum.

»Marta«, sagte Gabriel leise und stand plötzlich ganz dicht vor ihr. »Grazie … Mille Grazie, Marta.«

Es hörte sich an, als wollte er noch mehr sagen, nur wusste er vielleicht nicht, wie. Sie sah, wie sich eine Träne aus dem Augenwinkel löste und langsam über seine Wange lief. Marta hob eine Hand und wischte sie fort. Dabei berührte sie diese wunderschönen Lippen, fuhr sie mit den Fingerspitzen nach. Mit beiden Händen zeichnete sie sein Gesicht nach, und er schloss die Augen, als würde er diese zärtliche Berührung genießen. Wer wusste schon, wann ihn zuletzt jemand auf diese Weise berührt hatte. Vielleicht gab es auch niemanden, der ihn so berührte.

Aus einem Reflex heraus ging Marta auf die Zehenspitzen und gab ihm einen kleinen Kuss. Nur einen ganz kleinen. Es war zum ersten Mal in ihrem Leben, dass sie einen fremden Mann auf die Lippen küsste. Es erschreckte und erfreute sie gleichermaßen. Diesen Mut hätte sie sich niemals selbst zugetraut. Die Berührung war leicht wie der Flügelschlag eines Schmetterlings. Er brachte Sonne und Freude in ihr Leben. Sie wollte Gabriel zeigen, dass sie keine Angst vor ihm hatte. Dass er hier in Sicherheit war. Dass er für sie ein Mensch war, ein Mann, den sie sogar sehr anziehend fand. Der verdammte Krieg konnte ihr gestohlen bleiben. Sie wollte endlich wieder leben, ohne Angst. Dann ließ sie von ihm ab.

»Gracie, Marta«, murmelte Gabriel und ließ sie nicht aus den Augen.

»Gern geschehen«, flüsterte sie und verließ das Badezimmer, schloss hinter sich die Tür.

10

FLORENZ,

SEPTEMBER 2018

Luc hatte auf einen Nachtisch bestanden und Giulia sich für ein Tiramisu entschieden. Das Beste, das sie je gegessen hatte. Da konnte noch nicht einmal Nonna mithalten.

»Puh, ich bin so satt, dass mir gleich übel wird«, erklärte Giulia. »Zumindest, wenn ich auch nur noch einen Happen esse.« Ihr Smartphone klingelte, und sie sah nach, wer der Anrufer war. »Tut mir leid, da muss ich schnell drangehen.«

»Kein Problem«, meinte Luc.

»Amanda! Was gibt es?«, meldete sie sich.

»Danke, ich freue mich auch, deine Stimme zu hören, Partnerin.« Amanda lachte auf.

»Sorry, schön von dir zu hören. Ich dachte im ersten Augenblick nur, es wäre etwas mit Nonna.«

»Nein, ich habe heute Mittag mit ihr gesprochen, und ihr geht es gut. Und? Wie geht es dir so? Hast du dir schon einen glühenden Italiener geschnappt und eine heiße Nacht mit ihm verbracht?«, fragte Amanda.

Giulia hoffte, dass Luc nicht hörte, was Amanda da von sich gab. Sie ließ ihn nicht aus den Augen. Doch er spielte mit der Kante der Stoffserviette und schien nicht zu lauschen.

»Ich bin gerade dabei«, sagte sie leise und versuchte, nicht in Lucs Richtung zu starren. Das Gespräch war ihr peinlich.

»Oh, dann störe ich also. Ich wollte nur hören, ob du noch lebst und wie es dir geht, aber anscheinend muss ich mir keine Sorgen machen. Melde dich, wenn es Neuigkeiten gibt. Falls du in Italien bleibst oder überraschend geheiratet hast.« Sie lachte laut auf.

Giulia lachte bei der Vorstellung ebenfalls. So spontan war sie nicht, und das wusste Amanda. »Ich melde mich, ciao Amanda.«

Sie beendete das Gespräch und steckte das Handy zurück in die Tasche.

»Wollen wir los?«, fragte Luc.

»Ja, wir müssen aber noch bezahlen.« Giulia kramte in der Tasche nach ihrer Kreditkarte.

»Das habe ich schon erledigt«, erklärte Luc und erhob sich, rückte ihr den Stuhl zurecht.

»Aber wie?«, wollte sie wissen.

»Ich habe hier ein Konto, und Soldano wird mir eine Rechnung schicken. Mach dir keine Sorgen, ich habe dich eingeladen.«

Sie verabschiedeten sich von Soldano und traten auf die Borgo Pinti hinaus. Der Wind hatte aufgefrischt und wehte ihr Kleid auf.

»Danke für dieses wunderbare Essen und den schönen Abend«, meinte Giulia und sah sich suchend um. An der frischen Luft spürte sie den Alkohol in ihrem Blut. Zwei Flaschen Wein waren wohl doch etwas viel. Sie lachte. »Ich denke, mit dem Auto werden wir wohl heute nicht mehr zum Weingut kommen.«

Luc schüttelte den Kopf. »Nein, dafür haben wir beide eindeutig zu viel getrunken. Ich kenne ein kleines Hotel hier in der Nähe. Den Wagen kann ich auf dem Hof von

Soldano stehen lassen, dort ist er sicher. Da hat niemand Zutritt, und der Parkplatz ist nachts mit einem großen Tor abgesperrt.«

Sie gingen zurück zur Kathedrale, bogen in die Via di Servi ein und blieben vor einem Hotel stehen. *Palazzo Niccolini Al Duomo* las Giulia am Eingang.

»Wir müssen unerwartet in der Stadt übernachten und hätten gerne zwei Zimmer«, erklärte Luc, und die Dame am Empfang schenkte ihm ein bezauberndes Lächeln.

»Es tut mir leid, wenn überhaupt, haben wir nur noch ein Zimmer, und dann ist auch nur noch die Deluxe Suite frei.«

»Vielleicht sollten wir es woanders versuchen«, mischte sich Giulia leise ein.

»Woanders?« Die junge Mitarbeiterin lachte. »Signora, wir haben Saison. Sie werden in ganz Florenz kaum noch ein freies Zimmer finden, schon gar nicht zwei in einem Hotel.«

Natürlich. Saison. Wann war in Florenz denn mal keine Saison?

»Wir nehmen die Suite«, erklärte Luc.

»Aber –« Giulia wollte etwas einwenden, doch Luc unterbrach sie.

»Giulia, ich bin müde und muss ins Bett. Wir nehmen die Suite.«

»Die Deluxe Suite verfügt über eine Jacuzzi-Badewanne und ein King-Size-Bett, sie ist mit original Fresken aus dem siebzehnten Jahrhundert ausgestattet und im Wohnzimmer mit einer Schlafcouch«, ratterte die junge Frau herunter, als wäre sie die Hauptdarstellerin eines Werbespots. »Es gibt auch noch ein zusätzliches Schlafzimmer.

»Na, dann ist ja alles bestens. Ich werde im Jacuzzi schlafen.« Luc lächelte auf eine sehr charmante Art und Weise.

Giulia verdrehte die Augen, während Luc seine Kreditkarte über den Tresen schob und den Schlüssel in Empfang nahm.

»Sie werden begeistert von dem Ausblick sein.« Die Concierge schenkte beiden ein wissendes Lächeln.

Mit dem Fahrstuhl fuhren sie in die oberste Etage. Das Zimmer war schnell gefunden. Als die Tür hinter ihnen ins Schloss fiel und Luc mit der Schlüsselkarte für Licht sorgte, fiel Giulia aus allen Wolken.

»Sie hätte vielleicht erwähnen können, dass der Jacuzzi mitten im Wohnzimmer steht«, sagte sie mit einem Grinsen auf den Lippen. Sie hatte schon viele noble Immobilien gesehen, aber das hier war etwas ganz Außergewöhnliches. Sie stand mit offenem Mund im Zimmer und schaute sich staunend um. »Warst du schon mal hier?«, fragte sie und steuerte auf eines der großen Fenster zu.

»Ja, aber ich habe noch nie die Deluxe Suite gebucht. Ich muss sagen, da habe ich bisher etwas verpasst.« Luc legte sein Handy und den Autoschlüssel auf dem Tisch ab und folgte Giulia zum Fenster.

Von hier aus hatte man einen direkten Blick auf die Kathedrale. Sie schien so nah, als könnte man sie mit den Händen berühren. Der Anblick der beleuchteten Kirche war atemberaubend. Dahinter erstrahlte der Mond in fast voller Größe und hob sich gespenstisch ab. Es war ein faszinierendes Bild. Schön und gruselig zugleich.

»Mein Gott, so etwas habe ich noch nie gesehen«, flüsterte Giulia, als hätte sie Angst, dass laute Worte das Panorama zerstören würden. Sie zückte ihr Handy und machte ein paar Fotos, die sie direkt an Amanda weiterleitete.

Die Antwort folgte auf dem Fuße. ›Schick mir lieber ein Foto von dem heißen Italiener.‹

Giulia lachte leise und steckte das Smartphone in ihre Tasche.

»Einzigartig. So etwas findest du nur in Florenz«, sagte Luc, und sie spürte, dass er dicht hinter ihr stand, ohne sie zu berühren.

»Ich wollte, meine Freundin könnte das hier sehen.«

»Na, zumindest kannst du ihr berichten, dass du die Nacht mit einem heißen Italiener in einem Hotelzimmer verbracht hast«, sagte er mit einem Grinsen im Gesicht.

Erschrocken drehte Giulia sich um. »Du hast mein Gespräch belauscht.«

Er hob ergeben die Hände.

»Nicht mit Absicht. Aber deine Freundin spricht nicht besonders leise«, erklärte er und ließ seinen Blick über ihr Gesicht wandern.

»Das war nur ein Spaß.« Es war ihr peinlich, dass er Amandas Worte gehört hatte. Was sollte er nur von ihr denken? Dass sie ständig mit irgendwelchen Typen ins Bett stieg? »Was auch immer du denken magst, du liegst falsch. Ich mache sonst so etwas nicht. Also, mir mit fremden Männern ein Hotelzimmer teilen.« Ihr wurde langsam heiß.

»Ich bin doch gar nicht fremd«, meinte Luc und griff nach einer ihrer Haarsträhnen, drehte sie zwischen Daumen und Zeigefinger. »Wir kennen uns seit Kindertagen, schon vergessen?«

»Ja, nur dass ich mich daran kaum erinnern kann«, murmelte sie und blickte in seine braunen Augen, die sie an dunkle Schokolade erinnerten. Zartbitter, mit feinem Schmelz.

»Das macht doch nichts. Ich könnte dir helfen, deine Erinnerungen aufzufrischen.« Er sah sie erwartungsvoll an.

»Du denkst an den Kuss, den du mir gegeben hast? Ich habe Angst, dass du dann wieder schreiend davonläufst«, entgegnete sie keck.

»Du solltest es auf einen Versuch ankommen lassen.« Seine Stimme war auf einmal so sanft und schmeichelnd. Er wollte sie, das war klar. Und Giulia war sich sicher, dass sie so etwas nicht tat. Einfach das Leben nutzen, das mitnehmen, was es einem bot. Dafür war sie viel zu anständig, zurückhaltend und vielleicht auch ein wenig zu prüde. Wieder blieb ihr Blick an seinem Brusthaar hängen, das unter dem Hemd sichtbar war.

Luc stützte eine Hand an dem Fenster ab, und sie sah seine Muskeln, die den Stoff des Hemdes spannten. Er war in ausgesprochen guter Form. Kein Wunder, wenn er täglich auf den Feldern arbeitete. Seine Haut war sonnengebräunt, und ein Bartschatten wurde auf seinem Kinn sichtbar. Sie schloss kurz die Augen. Er war wirklich eine Versuchung. Vielleicht sollte sie einfach mal auf Amanda hören und ins kalte Wasser springen.

»Vielleicht läufst du ja nicht weg, wenn ich dich zuerst küsse«, wisperte sie und reckte sich höher. Hielt kurz vor seinen Lippen inne.

»Trau dich«, sagte er leise, und die Stimme hörte sich merkwürdig belegt an. Auch wenn er den Eindruck machte, als wäre er der Herr der Situation, so war es auf keinen Fall. Als Giulia den Abstand zwischen ihren Lippen überwand, schloss sie die Augen und gab sich ganz diesem Kuss hin.

Sein Mund fühlte sich kühl auf ihrem an. Sanft bewegte er die Lippen und legte die Arme um ihren Körper. Er zog sie an sich, doch auf eine unaufdringliche Weise. Giulia mochte seinen Duft und die Art, wie er sie küsste. Als wäre sie ein kostbares Gut, das es zu beschützen galt.

Als sie seine Hand auf ihrer Hüfte spürte, drehte Giulia sich langsam aus dieser Umarmung.

»Ich glaube, ich sollte das Bad benutzen«, sagte sie und ließ ihn einfach stehen.

»Giulia!«, hielt er sie auf.

Sie hatte schon fast die Tür erreicht und drehte sich zu ihm um.

»Diesmal bin ich es nicht, der nach dem Kuss wegläuft«, sagte er leise und schaute dann wieder aus dem Fenster.

. . .

Giulia duschte und zog danach einen der weißen weichen Bademäntel an. Sie hatte zwar nichts für eine Übernachtung dabei, doch es gab alles, was man benötigte. Frische Zahnbürsten, Paste, Duschgel, Haarwaschmittel, Föhn und vieles mehr. Die elegante Ausstattung ließ nichts zu wünschen übrig, und Giulia war immer noch ganz erschlagen von dem Luxus und der Eleganz. Dieses Hotel war eine Perle in einer Stadt, die wie Gold glänzte.

Als Giulia zurück in den Wohnraum kam, fand sie ihn verlassen vor. Sie streifte durch die Suite und fand ein weiteres Badezimmer. Die Dusche lief. Sie entschied, dass sie das Masterschlafzimmer nutzte.

Nachdem sie einige Zeit gewartet hatte, ging sie auf Zehenspitzen ins Wohnzimmer. Luc lag auf dem breiten Sofa, schien sie nicht gehört zu haben. Er trug nur eine enge schwarze Shorts. Sie war unsicher, ob sie wieder gehen sollte. Betrachtete ihn ausgiebig. Er hatte eine Hand über die Augen gelegt und schien sie nicht zu hören. Sein Brusthaar war noch feucht und glänzte verführerisch. Es verjüngte sich nach unten und verschwand unter dem Bund seiner Shorts. Amandas Worte ließen sie nicht los, doch als sie seine regelmäßigen Atemzüge hörte, war sie sicher, dass er bereits schlief. Sie hatten beide getrunken und fanden es nicht gut, die Situation so auszunutzen. So machte sie auf dem Absatz kehrt, ging zurück ins Schlafzimmer und schloss leise die Tür hinter sich. Sie hatte nicht gesehen, dass Luc ihr bedauernd hinterherblickte.

11

FLORENZ,

SEPTEMBER 2018

»Ich habe uns Frühstück aufs Zimmer bestellt«, verkündete Luc, der bereits angezogen an ihre Tür klopfte.

Müde schlug Giulia die Augen auf. An so ein Leben im puren Luxus konnte man sich gewöhnen, nur schade, dass sie nicht über das notwendige Kleingeld verfügte und für ihr Geld arbeiten musste. Sie gähnte und richtete sich auf.

»Ich bin in fünf Minuten fertig«, rief sie Luc zu, der winkend das Zimmer verließ.

War sie enttäuscht über die verpasste Chance, sich einen gut aussehenden Italiener zu schnappen? Sie lächelte, als sie an die Worte ihrer Freundin dachte. Nein, war sie nicht. Der gestrige Abend war wunderschön gewesen. Sie wollte ihn nicht mit einem Erlebnis kaputtmachen, das anders verlief als erwartet.

Luc hatte mit dem Frühstück auf sie gewartet und goss ihr eine Tasse Kaffee ein, der himmlisch duftete.

»Was für ein Luxus, so würde ich gerne jeden Morgen verwöhnt werden«, schwärmte sie. Sie saßen an dem Tisch vor einem Fenster und mit Blick auf die Kathedrale. »Ist diese Aussicht am Morgen nicht wundervoll?«, fragte sie begeistert.

»Ja, daran könnte man sich gewöhnen«, murmelte Luc und schnitt ein Brötchen auf, bestrich es mit Butter.

»Ich denke, ich werde noch einige Tage in Florenz verbringen, bevor ich wieder nach London gehe«, meinte sie nachdenklich. »Es gibt hier noch so viel zu sehen.«

»Wie lange hast du vor zu bleiben?«, fragte Luc und reichte ihr eine Brötchenhälfte, die Giulia dankend entgegennahm und mit Käse belegte.

»Ich habe mir zwei Wochen Urlaub genommen, davon sind nun drei Tage um.«

»Und wie sieht es mit dem Verkauf aus? Wirst du an mich verkaufen?« Er sah sie gebannt an.

Nachdenklich nickte Giulia. »Der Preis ist fair, das muss ich zugeben. Ich werde heute Abend mit Marta telefonieren und es mit ihr besprechen. Allerdings muss ich zugeben, dass ich es schade finde, dass sie das Haus verkaufen will.«

»Dann gewähre mir ein Nutzungsrecht der Wege und des Grund und Bodens und behalte das Haus«, schlug er vor.

»Ich finde es nicht richtig, das Gebäude dem Erdboden gleichzumachen. Es steckt so viel Geschichte darin. Ich werde mit Marta darüber sprechen und dir in den nächsten Tagen Bescheid geben, okay?«

Luc nickte und biss in sein Brötchen, das er mit Salami belegt hatte. »Du kannst uns bei der Ernte behilflich sein. Dann erhältst du einen Einblick in unsere Arbeit.«

»Du willst mich als Aushilfe beschäftigen?« Sie lächelte ihn an.

»Vielleicht.« Er zwinkerte ihr zu. »Mal schauen, was in eine Londonerin so steckt.«

»Eine ganze Menge, mein Lieber«, sagte sie selbstbewusst.

Er grinste wissend, und Giulia hoffte, dass sie den Mund nicht zu voll genommen hatte.

»Da seid ihr ja! Ich wollte schon ein Suchkommando losschicken, weil ihr nicht zum Frühstück erschienen seid.« Anna blickte besorgt drein, als sie wieder auf dem Gut ankamen.

»Bitte entschuldige, ich hätte dir Bescheid geben müssen, dass wir in Florenz übernachten.« Luc gab seiner Großmutter einen Kuss auf die Wange. Er hatte es total vergessen.

»Ihr habt zusammen in Florenz übernachtet?«, fragte Anna überrascht und blickte von Luc zu Giulia.

»Ja, in einer Suite mit mehr als zwei Schlafzimmern«, fügte Giulia hinzu, als wollte sie sofort klarstellen, dass sie nicht in einem Zimmer geschlafen hatten. Hatten sie ja auch nicht, was er ein wenig bedauerte. Giulia war eine anziehende Frau, und als sie in der Nacht zu ihm getreten war, hatte er für einen Moment mit sich gerungen, doch sich dann schlafend gestellt. Er wollte nicht, dass dies hier in eine belanglose Affäre endete. Dafür war Giulia zu schade. Sie war eine wunderschöne, intelligente Frau, kein dummes Mädchen, das man flachlegte und wieder vergaß. Er war nicht der richtige Mann für sie. Sie wollte eine Ehe und Kinder, alles Dinge, die ihm nichts bedeuteten.

»Nun seid ihr ja wieder da. Ich habe einen Lammbraten für heute Abend vorbereitet.«

»Da freue ich mich schon jetzt drauf.« Luc nahm Anna in die Arme und drückte sie. »Dein Lamm ist immer noch das Beste. Wollen wir uns die Kellerei ansehen?«, fragte er an Giulia gewandt.

»Gerne. Ich ziehe mich schnell um. Bis später, Anna.« Sie verließ die Küche, und ihre Schritte verhallten im Flur.

»Luc, was soll das?«, fragte Anna leise.

Er nahm ein Glas aus dem Schrank und schenkte sich Milch ein, trank einen Schluck. »Ich weiß nicht, was du meinst.«

»Doch, ich glaube sehr wohl, dass du weißt, wovon ich spreche. Sie gefällt dir, nicht wahr?« Anna sah ihn prüfend an.

»Wie bitte? Ich habe nur versucht, ein wenig freundlich zu sein.«

»In der Hoffnung, dass sie dem Verkauf zustimmt? Was ist denn so wichtig an dem kleinen Stück Land?«

»Du weißt genau, dass ich das Wegerecht brauche. Es würde alles in Gefahr bringen, wenn das Land an jemand anderen geht.«

»Aber Giulia hat doch gar nicht vor, das Land an jemand anderen zu verkaufen.« Anna schüttelte den Kopf.

»Du weißt, dass es eigentlich mir zugestanden hätte. Ich habe alles für Fabrizio getan, er wollte es mir vererben, doch bevor das Testament fertig war, ist er gestorben.«

»Vielleicht solltest du mit Giulia darüber sprechen. Sie würde es verstehen.«

»Ich möchte nichts, was mir nicht zusteht. Das Land gehört der Familie Roselly, nicht den Bragas, zumindest noch nicht. Wenn ich es bekomme, dann zu einem angemessenen Preis.«

»Es gibt auch noch eine andere Möglichkeit«, murmelte Anna und wusch Kartoffeln.

Luc lehnte sich gegen die Arbeitsplatte und verschränkte die Arme vor der Brust.

»Ich höre«, meinte er und sah sie erwartungsvoll an. Er wusste, was jetzt wieder kam.

»Du könntest heiraten«, sagte Anna, und es klang fast so, als würde sie mit ihm schimpfen.

»Giulia? Du weißt doch gar nicht, ob sie liiert ist.«

»Ist sie nicht.«

Luc schüttelte den Kopf.

»Warum sollte ich Giulia heiraten? Du warst doch gerade noch besorgt, weil ich eine Nacht mit ihr in Florenz verbracht habe. Was willst du denn nun?«, rief er aufgebracht.

»Ich will, dass du glücklich wirst. So wie Pietro. Dein Bruder hat die Liebe seines Lebens gefunden, warum du nicht?«

»Und du glaubst, die Liebe meines Lebens versteckt sich in London? Dass ich nicht lache.«

Anna warf ihm einen wütenden Blick zu. »Ja, lach nur über deine Großmutter. Aber ich erkenne, wenn ein Mann sich auf den ersten Blick verliebt hat. Dein Großvater hat genauso ausgesehen, mein Lieber. Wann warst du das letzte Mal in Florenz? Es liegt eine Autostunde von hier entfernt, und wenn ich mich genau erinnere, ist es mehr als vier Jahre her, als damals diese schwedische Studentin ein Praktikum auf dem Gut absolviert hat. Als sie wieder abreiste, war dein Herz gebrochen. Ich will nicht, dass dir das schon wieder passiert.«

»Es wird mir nicht passieren, weil ich nicht verliebt bin«, rief er erbost und verließ mit schnellen Schritten die Küche.

»Wer‘s glaubt, wird selig. Ja, renn nur weg, aber vor der Liebe kann man nicht davonlaufen«, murmelte Anna und schüttelte den Kopf.

12

ROM,

ENDE JULI 1944

Die Tür der Kellerwohnung fiel krachend ins Schloss, und Ornella stürmte ins Zimmer. »Macht das Radio an. Sie bringen eine Sondersendung!«

Fabrizio, der am Tisch gesessen hatte und an einem Flugblatt schrieb, stand sofort auf und drehte den Knopf des Weltempfängers, als ein lautes Rauschen erklang und kurz darauf die schneidende Stimme Adolfs Hitlers ertönte. »… ich heute zu Ihnen spreche, dann geschieht es aus zwei Gründen … erstens, damit Sie meine Stimme hören und wissen, dass ich selbst unverletzt und gesund bin. Zweitens, damit Sie aber auch das Nähere erfahren über ein Verbrechen, das in der deutschen Geschichte seinesgleichen sucht … Eine ganz kleine Clique ehrgeiziger, gewissenloser und zugleich unvernünftiger, verbrecherisch-dummer Offiziere hat ein Komplott geschmiedet, um mich zu beseitigen …«

»Wie bitte? Was ist geschehen?«, wollte Fabrizio wissen.

»Es wurde ein Attentat auf Hitler verübt. In der Wolfsschanze. Leider ist es missglückt, wie wir selbst hören können.«

»Was? Das ist ja ein Ding. Wer steckt dahinter?« Silvio,

einer der Mitbewohner, schob seine Schlägermütze in den Nacken.

»Ich habe keine Ahnung.« Ornella hob die Schultern und den Finger vor die Lippen. »Hört doch mal zu.«

Die Stimme plärrte laut aus dem Holzkasten. »… die Bombe, die von dem Obersten Graf von Stauffenberg gelegt wurde, krepierte zwei Meter an meiner rechten Seite. Sie hat eine Reihe von mir teurer Mitarbeiter sehr schwer verletzt, einer ist gestorben. Ich selbst bin völlig unverletzt bis auf ganz kleine Hautabschürfungen, Prellungen oder Verbrennungen. Ich fasse das als eine Bestätigung des Auftrages der Vorsehung auf …«

»Verdammt! Warum hat die Bombe nicht ihn getroffen?«, rief Fabrizio laut aus.

»Wenn es einer versucht hat, werden andere folgen«, meinte Silvio.

»Sie werden die Attentäter hängen, so viel steht fest. Allein schon, um diese anderen abzuschrecken.« Ornella ließ sich auf einen Stuhl nieder. »Warum versucht niemand, Mussolini aus dem Verkehr zu ziehen, das würde uns helfen.«

»Weil niemand den Mumm dazu hat.« Silvio schüttelte resigniert den Kopf.

»Warum tun wir es nicht?«, fragte Ornella und blickte die beiden Männer nacheinander an.

Sie war eine schöne Frau. Hatte mandelförmige braune Augen mit einem dichten Wimpernkranz. Sie war schlank und hochgewachsen für eine Frau, fast so groß wie Fabrizio selbst. Er liebte ihre Sicht auf die Welt, ihren Freiheitsdrang, ihren Mut, sich den Feinden entgegenzustellen.

»Ja«, er nickte, »warum töten wir ihn nicht? Wir werden unser Land befreien. So wie dieser Graf von Stauffenberg sein Land befreien wollte.«

»Nur mit dem Unterschied, dass er gescheitert ist und nun

sein Leben verlieren wird.« Silvio blickte sie beide ernst an. »Ich werde mit den anderen sprechen, was sie von der Idee halten. Wie immer … wir stimmen ab, und wenn die Mehrheit dafür ist, dann werden wir einen Plan schmieden.«

Den habe ich schon längst im Kopf, überlegte Fabrizio, doch er sagte es nicht laut.

Ein polterndes Hämmern an der Kellertür ließ sie aufschrecken. Sofort stellte Silvio das Radio ab.

»Sofort aufmachen! Polizei!«, drang es durch die Tür.

»Scheiße! Wir sind aufgeflogen. Los, raus hier!«, rief Silvio und warf Fabrizio ein Gewehr über den Tisch zu, das er geschickt auffing.

Bevor er noch einen Atemzug tat, knallten Schüsse und drangen durch die Tür, pfiffen an seinem Kopf vorbei. Er duckte sich.

»Ornella! Kopf runter!«, rief er und schob gleichzeitig den Schrank zur Seite, der den geheimen Ausgang in den Kanal verdeckte.

Silvio kroch als Erster durch den engen Durchlass.

»Jetzt du, Ornella!«, zischte er und blickte zur Tür, die von außen jemand aufzubrechen versuchte. Erneut knallten Schüsse. Fabrizio blickte sich zu Ornella um, und in diesem Augenblick schien seine Welt stillzustehen.

»Ornella!«, rief er laut und rannte zurück in den Raum.

»Scheiße, Fabrizio, wo bleibt ihr denn?«, hörte er Silvios Stimme aus dem Tunnel.

»Ornella!« Er versuchte ihren Körper anzuheben, ihr aufzuhelfen, doch da war so viel Blut. Es rann ihr aus dem Mund, sie hustete blutigen Schaum, und dann war kein Leben mehr in ihr. Ihr Blick war starr, der Kopf fiel leblos zur Seite.

»Fabrizio, was ist denn los?« Silvio kam zurück und blickte erst ihn an und dann den leblosen Körper in seinen Armen. »Ornella! Oh mein Gott, was ist mit ihr?«

»Sie wurde von einer Kugel getroffen.« Jegliches Leben war aus Fabrizios Stimme gewichen.

»Ist sie … Ist sie tot?« Silvio zuckte zusammen, als erneut auf die Tür geschossen wurde. Sie hatten vorgesorgt. Die Tür war aus Eiche gezimmert, hart und widerstandsfähig, aber für immer würde sie die Polizei nicht aufhalten. Der dicke Balken war für die Kerle zwar unüberwindbar, aber ihren Kugeln hatte er kaum etwas entgegenzusetzen.

Fabrizio versuchte, einen Puls bei Ornella zu fühlen, doch es war klar, dass er keinen finden würde.

»Ja, sie ist tot«, flüsterte er.

»Wir müssen los, wenn wir nicht auch noch draufgehen wollen. Fabrizio, wir können nichts mehr für Ornella tun. Los, komm, wir müssen hier weg. Irgendjemand hat uns verpfiffen.«

Als Fabrizio sich nicht bewegte, zog Silvio ihn am Arm. »Verdammt, jetzt komm. Nur wenn du am Leben bleibst, wirst du ihren Tod rächen können. Was hilft es ihr, wenn wir auch erschossen werden?« Silvio packte ihn an seinen Jackenaufschlägen. »Komm wieder zu dir. Lass uns endlich von hier verschwinden. Rom ist nicht mehr sicher.«

Fabrizio blickte auf die tote Frau in seinen Armen, die einmal seine Frau werden sollte. Irgendwann einmal. Nach dem Krieg. Doch das würde jetzt niemals geschehen. Man hatte sie ermordet. Die Faschisten hatten sie auf dem Gewissen, und er wusste, was nun zu tun war. Mit einer zarten Geste schloss er ihr die Augen und küsste zum Abschied ihre Lippen, die sich plötzlich so kalt anfühlten. Dann legte er sie behutsam auf den Steinboden und folgte Silvio in den Tunnel. Von innen zogen sie den schweren Schrank vor das Loch und verknoteten das Seil, sodass der Schrank von außen nicht mehr bewegt werden konnte. Zumindest nicht so einfach. Sie hofften, dass ihnen dies einen Vorsprung bieten würde, zumindest einen, der ihnen das Leben rettete. Der Tunnel war mehr als zwei Kilometer lang, und sie rannten, als wäre der Teufel persönlich hinter ihnen her.

»Wir hätten bleiben müssen und die Kerle abknallen, so wie sie es mit Ornella getan haben«, zischte Fabrizio, der Silvio dicht auf den Fersen war.

»Deine Rache wird kommen. Du musst nur Geduld haben«, flüsterte er leise über seine Schulter hinweg.

Sie rannten, bis sie keine Puste mehr hatten, erst dann stiegen sie über die Kanalisation wieder an die Oberfläche. Zwei Kilometer von ihrem Versteck entfernt, in der Nähe der Engelsburg. Es war mittlerweile fast halb drei Uhr in der Nacht. Sie bewegten sich lautlos, wie zwei Panther auf der Suche nach ihrer Beute. Fabrizios Herz schlug aufgeregt in seiner Brust.

»Wo sollen wir untertauchen?«, fragte Silvio, als sie sich im Schatten der Burg ausruhten.

»Hier in Rom nirgendwo. Man hat uns verraten, und keines der Verstecke ist mehr sicher. Ich gehe nach Hause, bis wieder Ruhe eingekehrt ist. Wir treffen uns in vier Monaten in Mailand wieder. Kriegst du das hin?«

Silvio nickte. »Klar.«

»Am zwanzigsten November in Mailand. Du kennst die Adresse.« Fabrizio sah ihn fragend an.

»Geht klar. Wir sehen uns, Bruder.«

»Wir sehen uns, Bruder«, erwiderte Fabrizio und schlug den Kragen seiner Jacke hoch, zog seine Mütze tiefer ins Gesicht.

»Ah, Fabrizio!«, rief Silvio ihm leise zu, und er hielt inne, blickte sich noch einmal um. »Heute ist schon der Einundzwanzigste.«

Fabrizio nickte und tippte an seine Mütze. »Dann am Einundzwanzigsten, mein Freund.«

Er hatte keine Zeit zu trauern, obwohl ihm der Tod von Ornella den Boden unter den Füßen wegriss. Sie war die Frau seines Lebens, es würde nie wieder eine geben, die er so sehr lieben konnte, da war er sicher. Mit einem gestohlenen Motorrad machte er sich auf den Weg nach Castellaccio.

13

CASTELLACCIO,

SEPTEMBER 2018

Luc blickte auf ihre offenen Schuhe und die rot lackierten Zehennägel. Giulia bewegte sie rauf und runter.

»Die Sandalen sind angenehmer als den ganzen Tag High Heels«, erklärte sie mit einem Lächeln auf den Lippen.

»Wenn du in den Weinbergen arbeiten willst, musst du dir aber festes Schuhwerk besorgen, so lasse ich dich da nicht rein.« Luc holte Giulia an Fabrizios Haus ab.

»Oh, dann werde ich mir wohl welche kaufen müssen, die habe ich in London nicht eingepackt.«

»Mal schauen, ich habe bestimmt noch welche, die dir passen müssten«, überlegte er laut.

»Von einer verflossenen Freundin?« Sie sah ihn von der Seite an, während sie Richtung Kellerei liefen.

»Bist du etwa eifersüchtig?«

Giulia lachte auf. »Wer ist denn da der Vater des Gedankens?«

Luc hielt ihr die Tür der Kellerei auf. Die Kartons mit den gelieferten Flaschen standen immer noch im Eingang herum. »Die sollten doch schon vor Tagen weggeräumt werden«, murmelte er genervt. »Pietro!«, rief er schlecht gelaunt nach einem seiner Angestellten, doch niemand erschien. »Verdammt, wo steckt er wieder?«

»Hey«, Giulia griff nach seiner Hand. »vermutlich ist er in den Hügeln«, versuchte sie ihn zu beruhigen, fuhr mit dem Daumen über seinen Handballen. »Stress bringt dich doch nicht weiter. Komm, lass uns schnell gemeinsam die Kartons wegschaffen.«

Luc blickte überrascht auf ihre Hände, dann sah er sie an. Erst dachte Giulia, dass er widersprechen wollte, doch dann nickte er, und gemeinsam griffen sie zu den braunen Kartons und räumten sie ins Lager.

»Wow! Der Keller ist ja mächtig groß!« Giulia sah sich staunend um. Hier befanden sich nicht nur leere Flaschen, sondern auch die Vorräte an abgefüllten, zum Verkauf vorgesehenen Weinen aus mehreren Jahren. Auf einigen war der Staub bereits deutlich erkennbar. Bedächtig schritt sie die langen Regale ab.

»Zweitausendfünfzehn war bisher unser bester Jahrgang. Er hat einige Preise gewonnen und Prädikate erhalten«, erklärte Luc ihr, und der Stolz in seiner Stimme war nicht zu überhören.

»Ist das der Wein, den wir gestern getrunken haben?«

Er schüttelte den Kopf. »Nein, er ist wirklich etwas Besonderes, und die letzten Flaschen sind nicht mehr für den Verkauf bestimmt. Die behalte ich mir vor. Wir sind nur eine kleine Kellerei. Einen Großteil der Trauben verkaufen wir an andere Winzer. Seit Fabrizio nicht mehr mitarbeitet, hat sich hier viel verändert, weil ich nicht alles alleine schaffe.«

»Du könntest mehr Personal einstellen.«

»Gute Leute sind selten zu bekommen. Die meisten sind Saisonarbeiter. Die Arbeit ist hart, nicht jeder ist dafür geschaffen.« Luc legte einen Arm um ihre Schultern und zog sie weiter in die Kellerei hinein. Hier war es angenehm kühl, wie sie feststellte, doch das Kribbeln in ihrem Körper hatte einen ganz anderen Ursprung. Lucs Nähe verursachte in ihr ein wohliges Gefühl, so als würde man in ein warmes Bad gleiten, das ansprechend duftete.

»Wir stellen hochwertige Weine in geringer Stückzahl her. Dazu Olivenöl, das wir in die ganze Welt verkaufen.«

»Und du machst wunderbaren Käse«, fügte Giulia hinzu.

»Du hast ihn schon probiert?«

Sie nickte. »Ja, Anna hat ihn mir an meinem ersten Morgen gereicht.«

»Ja, ich glaube, sie ist ziemlich stolz auf mich, egal was ich mache. Komm, ich zeige dir die Käserei.« Er öffnete einen Raum, der mit einer schweren Stahltür verschlossen war. Er war nicht besonders groß, aber es gab einen geräumigen Holzarbeitstisch, einen hohen Kühlschrank und bodentiefe Regale. Auf dem Tisch waren eine Menge Utensilien ordentlich angerichtet. Schöpfkellen, Pressgewichte, Bruchschneider und etliche weiße Behälter und Käseformen sowie Milchkannen.

»Hältst du Kühe auf dem Gut?«, fragte Giulia neugierig. Sie hatte keine Tiere gesehen, bis auf ein paar Katzen, die gerne in der Sonne lagen.

»Nein, wir bekommen Kuhmilch von den Nachbarn geliefert. Aber wir haben drei Ziegen, um die sich Anna kümmert. Sie sind wie ihre Kinder.« Er grinste breit. »Deren Milch benutze ich. Der Käse ist für den Eigenbedarf gedacht, für mehr habe ich keine Zeit. Aber es macht mir Spaß. Ich mag diese feine Kräutermischung, die ich zusammengestellt habe. Die Kräuter wachsen in Annas Garten. Warte mal.« Er ging zum Kühlschrank und nahm eine Dose heraus, öffnete sie. »Der Käse ist reif, den können wir Anna gleich vorbeibringen.«

Er holte ihn aus dem Gefäß und schnitt mit einem Käsemesser zwei Stücke ab. Eines reichte er Giulia. Der gelbliche Käse war am Rand mit feinen Wiesenkräutern durchzogen. Giulia nahm einen Bissen und ließ ihn sich auf der Zunge zergehen.

»Mhm, er schmeckt sehr mild … wirklich köstlich.«

»Was genau schmeckst du heraus?«, wollte Luc wissen und blickte sie neugierig an.

»Lavendel und Ringelblume, wenn ich mich nicht irre.«

Luc nickte. »Noch was?«

»Etwas Zwiebeliges?«

»Bärlauch und ein wenig Basilikum«, ergänzte er.

»Ich finde das so interessant. Ich glaube, das würde mir auch Spaß machen. Aber ich habe dafür keine Zeit.« Giulia schob sich den Rest des Käses in den Mund und kaute genüsslich. Er schmeckte wirklich klasse.

»Du solltest dir diese Auszeit gönnen. Sie ist es, die das Leben ausmacht.« Er nahm etwas von dem Spezialpapier und wickelte den Käse ein.

»Aber du sagst selbst, dass du keine Zeit hast.«

»Ja, aber es reicht, um Käse für den privaten Genuss herzustellen. Ich liebe meine Arbeit als Winzer. Wenn man etwas arbeitet, das man liebt, dann ist es keine Arbeit.« Er sah sie fragend an. »Liebst du deine Arbeit?«

Sofort wollte Giulia nicken, doch dann dachte sie genauer über die Frage nach und hielt in ihrer Bewegung inne. Liebte sie ihren Beruf wirklich? »Nun, zumindest mache ich ihn gern und bin sehr stolz darauf, was ich geschaffen habe.«

»Das kannst du auch sein. Aber liebst du das, was du tust?«, hakte er nach.

»Nein«, musste sie zugeben. »Du lässt einfach nicht locker, was?« So hatte sie noch nie darüber nachgedacht, und das wurmte sie. Sie wollte sich der Tür zuwenden, damit er ihre Verärgerung nicht sah, doch er hielt sie fest.

»Hey, warte mal.« Er zog sie in seine Arme. »Ich wollte dich nicht verärgern, sondern dir aufzeigen, dass es noch andere Möglichkeiten gibt. Chancen, an die du bisher noch nicht gedacht hast.«

Bevor Giulia fragen konnte, was das denn sein konnte, beugte er sich herunter und küsste sie. Zwar hatte er sie gestern Abend schon geküsst, doch dieser Kuss war anders. Er war fordernder, ehrlicher. Und er war etwas, das sie ersehnt hatte. Sie mochte es, von Luc geküsst zu werden. Auch wenn er oft finster dreinschaute, ungeduldig war, so ließ er sich für diesen Kuss alle Zeit der Welt und legte eine Sanftheit an den Tag, die sie so noch nicht an ihm kannte. Als er sie fester in seine Arme zog, schlang sie ihre um seinen Nacken und ergab sich diesem Kuss. Als seine Zunge Einlass in ihren Mund forderte, gab sie nach und fuhr mit ihren Fingern durch sein weiches Haar.

Als er seine Lippen von ihrem Mund löste, legte er seine Stirn an ihre und atmete schwer. »Es kann jeden Augenblick jemand vorbeikommen. Wir sollten das hier auf später verlegen.«

Er blickte sie abwartend an.

Sie hatte die Möglichkeit, Nein zu sagen, doch Giulia tat es nicht.

»Ja, du hast recht«, wisperte sie und ließ ihn los, trat einen Schritt zurück, um ihm etwas Freiraum zu geben. Es war ihr peinlich, dass sie sich so hatte gehen lassen. Sie musste erst einmal ihre Atmung unter Kontrolle bekommen.

Luc drückte ihr den Käse in die Hand. »Den kannst du Anna vorbeibringen. Ich habe etwas Wichtiges zu tun.«

Dann verließ er zusammen mit ihr den Raum und vergewisserte sich, dass die Tür richtig verschlossen war.

»Was denn genau?«, wollte sie wissen.

Er lächelte.

»Kalt duschen«, war seine Antwort, und er ließ sie

einfach stehen, verschwand aus der Kellerei, als würde er vor ihr flüchten.

Auf dem Weg zum Haupthaus erkannte Giulia, dass auf dem Papier, in dem der Käse eingepackt war, das Konterfei von Luc als Karikatur zu sehen war. ›Che formaggio‹ stand darunter. *Was für ein Käse ... was für ein Mann*, ging es ihr durch den Kopf. Ein Lächeln glitt über ihre Züge. Käse selbst herstellen. Was für eine Idee, aber das ließ sie einfach nicht los. Sie hatte große Lust, es einmal selbst auszuprobieren.

Sie fand Anna in der Küche. Wo auch sonst. Es schien fast, als würde sie sich ständig hier aufhalten. »Den soll ich dir von Luc bringen.«

»Giulia, meine Liebe. Wo ist Luc?«

»Duschen«, sagte Giulia. »Kann ich dir irgendwie helfen?«

Anna schüttelte den Kopf, während sie Chicorée in kleine Stücke schnitt. »Nein, ich bin schon fertig. Du kannst mich begleiten, ich will Tick, Trick und Track füttern.« Als sie Giulias verständnisloses Gesicht sah, lachte sie auf. »Das sind unsere Ziegen.«

Gemeinsam gingen sie zum Olivenhain, wo ein kleines Feld abgegrenzt war und die Ziegen lebten. Sie kamen sofort angelaufen, als Anna nach ihnen rief.

»Die sind ja niedlich.« Giulia streichelte den Tieren über den Kopf, die gierig ihre Hand leckten.

»Hier, du kannst sie füttern.« Anna drückte ihr die Schüssel in die Hand und öffnete das kleine Gartentor, achtete darauf, dass die Tiere nicht entwischten. Sie setzten sich auf eine Bank und fütterten die drei.

»Wer ist denn wer?«, wollte Giulia wissen.

»Die Weiße ist Tick, die Braune Trick, und die mit der

weißen Blässe auf der Nase ist Track.« Wie zur Bestätigung begann Track zu meckern.

»Euch kann man ja direkt ins Herz schließen.« Giulia nahm Track in die Arme, die sofort versuchte, auf ihren Schoß zu klettern. »Hey, meine Liebe, nicht so übermütig.« Giulia lachte entspannt.

»Luc hat die drei angeschleppt, um aus der Milch Ziegenkäse zu bereiten.« Anna schien sich an den Augenblick zu erinnern, als Luc mit den Tieren auf dem Gut angekommen war, und Giulia konnte es sich bildlich vorstellen.

»Wie hat dir Florenz gefallen?« Anna sah sie aufmerksam an.

»Es war wunderschön. Bevor ich nach London zurückkehre, werde ich mir die Stadt noch einmal genauer anschauen. Luc hat mich in ein tolles Restaurant geführt, und das Hotel war unglaublich.« Sie kam aus dem Schwärmen gar nicht mehr heraus.

»Ich finde, du solltest bei uns bleiben«, sagte Anna ohne Umschweife. »Du gehörst hierher. Du bist eine Italienerin, was hast du bei diesen blassen Engländern verloren?«

»Ich habe mir dort ein Leben aufgebaut, das kann ich nicht so einfach hinter mir lassen.«

»Ach Quatsch, natürlich kannst du das. Du hast hier ein Haus, wenn du dein Erbe nicht verkaufst.« Sie deutete in die Richtung von Fabrizios Anwesen.

»Willst du mir raten, es nicht zu verkaufen? Ich glaube, das würde Luc nicht gefallen.«

»Ihm würde nicht gefallen, wenn du zurück nach London fliegst.« Anna reckte ihr Kinn vor.

Leise seufzte Giulia. Sie war erst ein paar Tage hier, und schon hatte sich ihr Leben total auf den Kopf gestellt. Alles, was sie hier vorfand, faszinierte sie, und sie fand Gefallen daran. Ihr Leben in London rückte in den Hintergrund. Das war etwas, was sie sich niemals hätte erträumen lassen.

»Erzähl mir, warum Fabrizio und Marta nicht mehr miteinander sprachen? Was ist zwischen ihnen geschehen? Warum hat Marta dieses schöne Land hier verlassen und ist nach London gegangen?«

Annas Blick verdüsterte sich. Es sah nicht so aus, als wollte sie mit der Sprache herausrücken.

»Ich will es nur verstehen. Wenn ich hier aufgewachsen wäre, ich glaube, dann hätte ich das Land nicht verlassen«, gab Giulia preis.

»Früher war eine andere Zeit, mein Kind. Du weißt nicht, wie es im Krieg war, damals als Fabrizio meinen Gino und mich aus einem brennenden Kloster gerettet hat.«

»Hat er das?«, fragte sie überrascht.

Anna nickte. »Ja, und er hat eine ganze Menge anderer Menschen gerettet. Er war ein Partisan, gehörte der Resistenza an. Glaube mir, er hat dem ganzen Land einen großen Dienst erwiesen.«

»Welchen?« Giulia war hellhörig geworden, bekam aber keine Antwort auf ihre Frage. »Ich wünschte, ich hätte Fabrizio besser in Erinnerung. Ich kann mich nur vage an einen großen Mann erinnern, vor dem ich immer Angst hatte«, gab sie zu.

»Er war wie Luc«, sagte Anna leise.

»Vor dem habe ich auch Angst«, platzte es aus ihr heraus. *Wenn auch aus einem ganz anderen Grund*, fügte sie in Gedanken hinzu.

Anna lachte. »Vor ihm brauchst du keine Angst zu haben. Er ist wie ein treuer Hund, der bellt, aber nicht beißt. Er ist lammfromm, seitdem du hier bist.«

Ja, dann wollte sie nicht wissen, wie Luc sich sonst aufführte. Obwohl … Einen kleinen Einblick hatte sie auf der Hochzeit bekommen. Da war er nicht besonders freundlich mit ihr umgegangen.

»Ich würde gerne mehr erfahren, über euer Leben vor vielen Jahren, bevor ich das Haus verkaufe.« Giulia ließ ihren Blick über die Weinberge in der Ferne schweifen.

»Dann solltest du mit deiner Großmutter sprechen. Bevor es zu spät ist.«

14

CASTELLACCIO,

SEPTEMBER 1944

Der Tag war hart gewesen. Die Ernte hatte in diesem Jahr eher begonnen, und Marta war froh über jede helfende Hand. Gabriel war fleißig, genau wie Anna und Gino half er, wo er konnte. Er war körperlich immer noch nicht voll einsetzbar, doch er schuftete, bis ihm der Schweiß auf der Stirn stand. Sein Italienisch war in den letzten Wochen immer besser geworden, sodass er sich gut verständigen konnte. Sein Kopf glitt immer wieder zu ihr herüber, wenn er dachte, dass Marta es nicht sah, dabei bemerkte sie seine verstohlenen Blicke sehr wohl.

Marta hatte eine Gemüsesuppe gekocht und frisches Brot gebacken.

»Die Minestrone schmeckt sehr gut«, lobte Gabriel und aß mit Heißhunger.

Gino nickte zustimmend. »Ja, es gibt sogar etwas Speck darin.«

Marta grinste. Sie hatte immer einen kleinen Vorrat an Lebensmitteln, oder Kontakte, um an welche zu kommen, die es eigentlich gar nicht mehr gab.

Als die Hintertür aufflog, sprang Gabriel sofort auf die Beine und griff zu dem Brotmesser auf dem Tisch.

»Warte, Gabriel! Leg das Messer wieder hin, das ist mein Bruder … Fabrizio.«

Fabrizio stand breitbeinig in der Tür und starrte Gabriel hasserfüllt an.

»Wer ist das?«, wollte er wissen.

»Komm doch erst einmal rein und iss etwas mit uns. Du musst hungrig sein. Wo kommst du her? Ich habe mir solche Sorgen gemacht.« Marta zog an seiner Hand und schloss die Tür, dann holte sie einen weiteren Teller aus dem Schrank und füllte ihn mit Suppe, reichte ihm ein Stück Brot.

Fabrizio zog seine Jacke aus, nahm die Mütze ab. Er war in schlechter Verfassung. »Hallo Anna, hallo Gino.«

Er nickte den beiden zu.

Marta schlang ihre Arme um seinen Nacken. »Hallo Bruder. Willst du mich gar nicht begrüßen?«

»Wer ist der Bursche?«, fragte er statt einer Begrüßung und wehrte Marta ab.

So kannte sie ihren Bruder gar nicht. Es musste etwas geschehen sein, dass er sich so verhielt. Beleidigt ließ Marta sich auf der Bank neben Gabriel nieder, weil Fabrizio sich auf ihren Platz gesetzt hatte. Unter dem Tisch griff Marta nach Gabriels Hand und drückte sie, ließ sie danach nicht wieder los. Er blickte sie an, und sie schenkte ihm ein aufmunterndes Lächeln.

»Das ist Gabriel. Er lebt jetzt hier«, erklärte sie in knappen Worten.

»Aha! Und wo kommt Gabriel her?« Fabrizio aß hastig, als wäre er am Verhungern.

»Er ist ein deutscher Soldat, ein Deserteur. Wir haben ihn vor seinen Leuten versteckt, die nach ihm gesucht haben«, erzählte Anna, und Marta warf ihr einen vernichtenden Blick zu.

»Wie bitte?« Fabrizio schien seinen Ohren nicht zu trauen.

»Bitte, Fabrizio, hör mich an …«, versuchte Marta ihren Bruder zu beruhigen, doch der war bereits aufgestanden und hatte die Fäuste geballt.

»Das fasse ich nicht! Du bietest einem beschissenen Nazi Unterschlupf in unserem Haus an und bringst aller Leben in Gefahr?«, rief er aufgebracht.

»Ich bin kein Nazi«, sagte Gabriel leise.

»Alle Deutschen sind Nazis«, brüllte Fabrizio, dass Gabriel erschrocken zusammenzuckte.

»So wie alle Italiener Faschisten sind?«, fragte Marta und stellte sich ihrem Bruder entgegen.

»Das ist etwas ganz anderes.«

»Warum ist das etwas anderes? Nicht alle Deutschen wollten diesen Krieg. Was ist mit den Männern, die versucht haben, Hitler zu töten? Es gibt noch Menschen, die an die Menschlichkeit glauben. Gabriel hat der Armee den Rücken gekehrt, er will nicht gegen uns kämpfen. Er ist eine gute Hilfskraft und arbeitet für Unterkunft und Essen. Was daran ist bitte falsch?« Marta war außer sich. Sie konnte nicht verstehen, warum ihr Bruder so kaltherzig war. Man konnte doch nicht alle Menschen über einen Kamm scheren.

»Du hast keine Ahnung, wen du da in unser Haus gelassen hast«, zischte Fabrizio gefährlich leise.

»Oh doch, das habe ich.«

»Er muss weg. Er soll gehen«, forderte Fabrizio.

»Was? Aber er kann doch nirgendwohin. Was soll er denn machen? Wenn du das verlangst, schickst du ihn in den sicheren Tod.«

»Mir doch egal«, murmelte Fabrizio und setzte sich zumindest wieder.

Marta hielt immer noch Gabriels Hand. »Was ist geschehen, dass du so reagierst? So kenne ich dich gar nicht.«

Da ihr Bruder darauf nicht reagierte, war klar, dass etwas vorgefallen sein musste, worüber er nicht sprechen wollte.

»Er verschwindet heute Nacht.« Fabrizio gab nicht nach.

»Ist das dein letztes Wort? Denn dann wirst du dich auch von mir verabschieden müssen. Ich lasse Gabriel nicht im Stich und werde mit ihm gehen. Ich liebe ihn und werde ihn nicht in den sicheren Tod rennen lassen.«

Gabriel sah sie überrascht an, und auch Anna und Gino warfen sich vielsagende Blicke zu.

»Wie bitte? Du liebst ihn? Du hast doch überhaupt keine Ahnung, was Liebe bedeutet.« Fabrizio sah sie verächtlich an.

»Ach nein? Warum spielst du dich hier auf, als wärst du mein Vater? Du bist die meiste Zeit nicht da, weil du für eine höhere Sache kämpfst. Dabei wäre dein Platz hier. Und was ist mit dieser Ornella? Ich denke, du liebst sie auch, dann weißt du ja, wie sich das anfühlt«, rief Marta aufgebracht.

Mit einem einzigen Schlag fegte ihr Bruder seinen leeren Teller vom Tisch, der auf dem Steinboden zu Bruch ging, und sprang auf. »Lass Ornella da raus. Sie ist tot und spielt keine Rolle mehr. Wenn ich zurückkehre, wird dieser Kerl hier verschwinden. Mit dir oder ohne dich, das ist mir egal.«

»Fabrizio! Du willst es wirklich so weit kommen lassen?« Marta konnte nicht glauben, was sie da hörte.

Er starrte auf den Boden, dann nickte er. »Ja, das will ich. Ich kann nicht mit einem Deutschen unter einem Dach leben. Ich habe noch eine Sache zu erledigen. Wenn ich zurück bin, wirst du dich entscheiden müssen, Marta.« Dann nahm er seine Jacke und ging, ohne sie noch einmal anzusehen.

Anna und Gino hatten sich nach dem Auftritt von Fabrizio auf ihre Zimmer verzogen. Vielleicht hatten sie Angst, dass auch sie das kleine Weingut verlassen mussten oder es sonst noch Ärger gab, Marta wusste es nicht. Es war auch egal, sie war froh, den Abwasch alleine machen zu können, und hing ihren Gedanken nach. Was hatte Fabrizio gesagt? Ornella war tot? Was war geschehen? Warum spielte sie keine Rolle mehr? Sie hatte so viele Fragen, doch er war wie immer einfach abgehauen, als es schwierig wurde.

Ihr Bruder hatte sich im Laufe der letzten Monate sehr verändert. Nicht nur äußerlich. Er war härter geworden, verschlossener. Die Leichtigkeit war ihm abhandengekommen. Aber wem nicht in diesen Zeiten?

Gabriel betrat die Küche und schnappte sich ein Handtuch, um das Geschirr abzutrocknen. Wortlos half er Marta. Erst als sie fertig waren und Marta das Wasser weggegossen hatte, stellte Gabriel sich ihr in den Weg.

»Hast du das ernst gemeint?«, fragte er und hielt sie an den Schultern fest.

»Was genau?«

»Dass du mich liebst?«

Marta schluckte, sagte aber nichts.

»Wir kennen uns kaum. Du weißt nicht, was ich für ein Mensch bin.«

Sie nickte. »Das stimmt, ich weiß nicht, ob du bereits gebunden bist. Vielleicht bist du verheiratet, hast Kinder. Ich weiß nicht, wie viele Menschen du getötet hast …«

»Keinen einzigen. Ich gehörte dem Sanitätsdienst an. Marta, ich bin gerade mal einundzwanzig, natürlich bin ich nicht verheiratet und habe auch keine Kinder. Ich studiere in Hamburg, das ist eine Stadt im Norden von Deutschland.«

»Was studierst du?«

»Jura. Ich will Anwalt werden. Eigentlich hatte ich ein Jahr in London eingeplant, doch wer weiß, was noch kommt?«

Marta griff nach seiner Hand. »Du wirst einmal Anwalt werden, ein guter Anwalt, Gabriel.«

Er zog sie an sich, und sie schlang die Arme um seine Hüften, blickte zu ihm auf. »Was sollen wir jetzt tun?«

»Ich werde mit dir gehen, wenn dieser Krieg vorbei ist.« Marta klang sehr bestimmt.

»Du willst das alles hier aufgeben? Warum?« Gabriel war erstaunt, schien ihr nicht glauben zu wollen.

»Du hast meinen Bruder gehört. Wenn er zurückkehrt, wirst du gehen müssen. Aber ich will dich nicht gehen lassen. Also was bleibt mir anderes übrig?« Sie schmiegte ihre Wange an sein raues Hemd.

»Warum willst du mich nicht gehen lassen?«, fragte er leise.

»Weil ich erkannt habe, dass du ein gutes Herz hast. Weil ich … mich in dich verliebt habe«, sagte sie zögerlich.

»Dann ist es also wahr, was du deinem Bruder gesagt hast?« Gabriel blickte auf sie hinunter und strich leicht über ihren Rücken.

»Ja, es ist wahr. Wenn du mich nicht willst, dann musst du es mir hier und jetzt sagen, dann werde ich dich gehen lassen.«

»Wie könnte ich dich nicht wollen, Marta. Du bist das schönste Mädchen, das ich jemals gesehen habe, und du hast mein Leben gerettet. Ich meine nicht nur vor den Soldaten, sondern du hast mir den Glauben an die Menschen zurückgegeben. Ich liebe dich, Marta. Aus freiem Herzen, und ich wäre der glücklichste Mann, wenn du meine Frau wirst und mit mir gehen würdest. Aber kann ich das von dir verlangen? Dass du meinetwegen alles aufgibst?«

»Das alles bedeutet mir nichts. Alle Menschen sind tot, mein Bruder ist nicht mehr der, der er mal war. Du bist der Mann, für den es sich lohnt, weiterzuleben.«

Sie sah ihn an, und sein Blick zeigte ihr die Liebe, die er für sie empfand. Sie konnte sich einfach nicht irren. Er beugte sich herunter und küsste sie zärtlich.

»Ich liebe dich, Marta, und bin ein sehr glücklicher Mann.«

Sie berührte sein Gesicht mit ihren Händen. »Dann sind wir zwei glückliche Menschen. Komm mit.«

Sie nahm seine Hand und führte ihn hinauf in ihre Schlafkammer. Der Raum war nicht sehr groß, das Bett ebenfalls nicht, doch das war auch gar nicht notwendig, denn sie brauchten nicht viel, solange sie den einander hatten.

»Ich habe hier etwas für dich.« Marta griff unter ihre Matratze, zog etwas hervor und reichte es Gabriel.

»Was ist das?« Er faltete die Papiere auseinander und sah sie sich genauer an. »Das sind neue Papiere für mich. Wie bist du da herangekommen?«

Marta schüttelte den Kopf. »Das ist nicht wichtig. Nun bist du Italiener. Gabriel Roselly.«

»Ich trage nun deinen Namen?«

»Du bist ein entfernter Cousin.« Sie hob die Schultern und lächelte. »Wen interessiert das schon, wenn dieser Krieg endlich einmal vorbei sein wird?«

15

CASTELLACCIO,

SEPTEMBER 2018

Giulia hatte sich in das kleine Haus zurückgezogen, um mit Nonna zu telefonieren. Sie hoffte, dass es ihr gutging und sie Antworten auf ihre Fragen bekommen würde.

»Giulia! Bist du schon wieder zu Hause?«, fragte Marta sofort.

»Nein, Nonna! Ich bin noch in Castellaccio. Wie geht es dir?«

»Ach.« Mehr sagte sie nicht, sondern seufzte nur. Also ging es ihr gut.

»Hör mal, Nonna, ich habe mir Gedanken über den Verkauf gemacht. Weißt du eigentlich, wer der Käufer ist?«, tastete Giulia sich vorsichtig heran.

»Ein Mario«, überlegte Nonna laut.

»Nein, Mario Ribio ist der Name des Notars. Der Käufer ist Luc Braga.«

»Braga? Du meinst Gino Braga?«, fragte sie aufgeregt nach.

»Nein, Nonna, Gino war Lucs Großvater. Gino hat Anna geheiratet, und sie haben eine Tochter bekommen. Und Luc ist der Enkel von Anna und Gino.«

»Gino und Anna haben geheiratet, das weiß ich doch, und Luc kenne ich auch. Er ist ein netter Junge.«

Na, ein Junge war er nun gerade nicht mehr. »Er ist jetzt ein erwachsener Mann von Mitte dreißig, Nonna. Sag mir doch bitte, warum du und Fabrizio nicht mehr miteinander gesprochen habt? Ich möchte es gerne wissen.«

»Warum willst du das alles wieder aufwühlen, mein Kind? Es ist lange her und keine schöne Geschichte.«

Es war immer das Gleiche. Was Marta nicht erzählen wollte, behielt sie für sich.

»Ich glaube, ich möchte das Haus nicht verkaufen. Es ist hier wunderschön, und ich habe kein gutes Gefühl, wenn ich dieses Erbe einfach so fortgebe.«

»Und was hast du dann vor?«, fragte Marta überrascht. Nun war sie hellhörig.

»Ich könnte es behalten. Du hast selbst gesagt, dass ich einmal deine Erbin werde. Mir gefällt das Haus, und ich könnte es für meine Urlaube nutzen.«

»Aber was ist mit dem Käufer? Der Verkauf war so gut wie perfekt.«

»Luc sprach von einem Wegerecht, das ich ihm verkaufen könnte.«

»Ich weiß nicht, mein Kind, ob das alles eine gute Idee ist.«

Nun seufzte Giulia. »Ich auch nicht. Ich habe Angst, eine falsche Entscheidung zu treffen.«

»Du solltest nach deinem Bauchgefühl gehen. Das habe ich auch immer so gehalten und lag damit stets richtig.«

Sie beendeten das Gespräch, und Giulia war immer noch so ratlos wie vorher.

Während des Abendessens war Giulia erstaunlich ruhig. Sie beantwortete zwar Fragen, die ihr gestellt wurden, war aber ansonsten nicht sehr redselig, wie es Luc vorkam. Mario war zum Abendessen geblieben, nachdem er einige Verträge für Luc durchgesehen hatte, der mit neuen Abnehmern verhandelte.

»Das Essen war sehr köstlich«, erklärte Giulia und erhob sich, nachdem sie noch ein Glas Wein getrunken hatten. »Ich werde Anna in der Küche helfen.«

Luc sah ihr nach.

»Hat Giulia sich schon zu dem Verkauf geäußert?«, wollte Mario von ihm wissen.

Luc schüttelte den Kopf. »Nein, ich bin mir auch nicht sicher, ob ich das Angebot aufrechterhalten will.«

Mario zog an der Zigarre, die er sich angesteckt hatte, und blies eine Rauchwolke in den Abendhimmel.

»Warum? Glaubst du, wenn sie das Haus nicht verkauft bekommt, wird sie hierbleiben?« Er lachte leise in sich hinein.

»Nein, das denke ich nicht«, sagte Luc schärfer, als er es wollte. »Wieso sollte sie? Giulia hat ein Leben in London.«

»Nun, sie würde immerhin für einen Urlaub vielleicht mal vorbeischauen.«

»Und du glaubst, ich warte dann immer sehnsüchtig darauf? So romantisch bin ich dann doch nicht.« Luc winkte ab.

»Aber du musst schon zugeben, dass sie dir gefällt.« Mario zwirbelte die Zigarre zwischen den Fingern hin und her. »Es ist ja auch nicht sonderlich schwer, sie zu mögen. Sie ist wunderschön und gescheit. Zwei Attribute, die nicht von der Hand zu weisen sind. Wenn ich nur einige Jahre jünger wäre …« Er ließ den Satz offen und lächelte. »Wann hat dir zuletzt eine Frau gefallen, Luc?«

Luc wusste nicht, warum Mario immerzu in dieser Wunde herumstochern musste. Er wollte nicht heiraten und Kinder bekommen, warum gab er sich nicht damit zufrieden? »Du kennst meine Einstellung dazu.«

»Ich will doch nur, dass du glücklich bist.«

Noch jemand, der nur sein Glück wollte. »Dann suche für deinen Alessio eine Frau, damit du endlich Enkelkinder bekommst, um die du dich kümmern kannst.«

Luc grinste breit und sah, wie Giulia den Weg zu Fabrizios Haus einschlug.

»Du entschuldigst mich.« Er erhob sich und ließ Mario einfach sitzen. Er wusste, dass dieser noch sein Glas Wein austrinken und dann zu Fuß zu seinem Haus gehen würde, das ungefähr einen halben Kilometer entfernt die Straße hinunter lag. Er holte etwas aus dem Haus und schritt den Kiesweg entlang.

Giulia hatte einen Vorsprung und war bereits am Haus angelangt. Er wusste nicht, warum er ihr gefolgt war, nur, dass er Zeit mit ihr verbringen wollte. Er umschwärmte sie, wie eine Motte das Licht. Es war verrückt, aber es war Realität.

Es wurde langsam dunkel, und eine Lampe flammte in dem kleinen Haus auf. Er klopfte an die Vordertür, und kurz darauf öffnete Giulia, die ihn verwundert ansah.

»Hi, die hier wollte ich dir schnell vorbeibringen. Ich hoffe, es ist deine Größe.« Luc hielt ihr ein Paar Arbeiterboots entgegen. »Sie gehören meiner Schwägerin. Sie sind eine Nummer zu groß, daher hat sie diese nie getragen.«

Giulia schob die Tür einen Spalt weiter auf.

»Komm doch rein«, bot sie an.

Luc trat ein und zog seine Schuhe aus, die ganz staubig waren.

»Es wird Zeit, dass es mal wieder regnet«, murmelte er und ging ins Wohnzimmer, setzte sich auf das Sofa. Es war dunkelrot mit großen Blumenmotiven, die ebenfalls in Rot gehalten waren.

Giulia nahm ihm die Schuhe ab und schlüpfte hinein. Sie hatte ihre eigenen ebenfalls ausgezogen und lief barfuß herum.

»Die passen wie angegossen«, verkündete sie. »Vielleicht ein wenig groß.«

»Du solltest Socken tragen, damit du keine Blasen bekommst.«

Sie nickte und zog die Schuhe wieder aus. »Wann geht es morgen in die Berge?«

»Bei Sonnenaufgang.« Als Giulia große Augen bekam, lachte er. »Wir stehen hier früh auf und gehen spät zu Bett.«

»Ich kann dir leider gar nichts anbieten. Ich habe den Kühlschrank noch nicht befüllt«, sagte sie entschuldigend.

»Das macht nichts. Der Wein zum Essen reicht mir, sonst komme ich morgen früh nicht raus. Aber ich werde dafür sorgen, dass man deinen Kühlschrank auffüllt.«

Giulia lehnte sich zurück und sah ihn an. Sie saßen dicht zusammen, wie ihm jetzt auffiel.

»Es ist ein wunderschönes Haus, ich kann verstehen, dass Fabrizio hier nicht ausziehen wollte. Hat er dir je erzählt, warum Marta und er sich zerstritten haben?«

Luc verlagerte sein Gewicht, setzte sich auf eines seiner Beine, um sie direkt anzusehen, kam ihr so noch näher. »Er hat immer ein großes Geheimnis darum gemacht. Wollte nicht darüber sprechen, sagte nur immer, dass er dieses Haus bewachen muss und deshalb nicht wegziehen konnte.«

»Das Haus bewachen? Was soll das bedeuten?«

Luc hob die Schultern. »Ich habe keine Ahnung. Anna hat mir erzählt, dass deine Großmutter das Land verlassen hat, weil sie sich in einen deutschen Soldaten verliebt hat und mit ihm gegangen ist. Als der Krieg vorbei war. Sie sind nach Hamburg gegangen. Mehr weiß ich nicht.«

»Ein deutscher Soldat?« Giulia sah ihn völlig perplex an. »Aber mein Großvater hieß Roselly. Er war ein entfernter

Verwandter meiner Großmutter, das passt doch nicht zusammen.«

»Vielleicht sollten wir mit Anna noch einmal darüber sprechen.«

»Das habe ich schon versucht, sie schweigt, als hätte sie ein Gelübde abgelegt. Wir werden da nicht weiterkommen. Sie sagte, ich soll Marta fragen, doch bei ihr stoße ich genauso auf Granit.«

»Nun, du unterschätzt meinen Charme«, sagte er mit einem Zwinkern und berührte mit einem Finger ihren Unterarm, mit dem sich Giulia auf dem Sofa abstützte. Er sah, dass sie eine Gänsehaut überlief, und ihn freute diese Reaktion.

»Warum bist du gestern Abend nicht zu mir gekommen, sondern bist zurück ins Bett?«

Sie bekam große Augen. »Du hast also nicht geschlafen?«

Er schüttelte den Kopf.

»Und warum bist du mir nicht gefolgt?«, stellte sie eine Gegenfrage.

Ja, warum eigentlich nicht? »Ich wollte deine Entscheidung nicht infrage stellen. Wenn du mich gewollt hättest, wärst du zu mir gekommen.«

Sie lachte. »Vielleicht wollte ich einfach nicht auf einer Couch schlafen.«

»Oh, die Couch war sehr bequem. Ich hatte ehrlich gedacht, dass du den Jacuzzi ausprobieren würdest.«

»Ich hatte keinen Badeanzug dabei.«

»Deshalb hatte ich es ja gehofft«, sagte er leise und sah sie eindringlich an.

»Ich gebe zu, dass ich in Versuchung war.« Sie grinste. »Aber dann hat mich der Mut verlassen.«

»Dann müssen wir also noch mal nach Florenz, um zu testen, ob du nicht doch Mut beweisen kannst?«

»Ich denke, dafür brauchen wir gar nicht so weit zu fahren«, murmelte Giulia und streckte ihre Hand aus, berührte seinen Hals. Wie immer war sein Hemd ein wenig zu weit aufgeknöpft und zog sie magisch an.

Luc wusste nicht, wie es geschah, doch plötzlich saß sie auf seinem Schoß, und sie küssten sich, als würde es kein Morgen mehr geben. Darauf hatte er den ganzen Abend gewartet, dass sie sich so nah kamen. Er liebte ihren Duft nach Vanille und etwas Herbem, vielleicht Weihrauch. Er war ungewöhnlich, aber sinnlich.

»Ich will dich so sehr, Giulia«, murmelte er zwischen zwei Küssen.

»Ja, ich dich auch«, hauchte sie.

»Halt dich an mir fest.« Luc erhob sich mit ihr, und Giulia schlang die Beine um seine Hüften, klammerte sich an seine starken Oberarme.

Luc wusste ja, wo das Schlafzimmer war, trug sie schnell die Holztreppe hinauf. Oben angekommen, setzte er sie auf den Füßen ab und machte sich sofort daran, ihr das T-Shirt über den Kopf zu ziehen. Giulia schälte sich aus der Jeans und half ihm danach, sein Hemd aufzuknöpfen. Mit den Händen fuhr sie über seine behaarte Brust. Sie mochte seinen beeindruckenden Oberkörper. Er sah so ganz anders aus als die blassen Bürotypen in London, die sie bisher kennengelernt hatte. Er war wilder, roch angenehmer. Nach Zypressen, Natur und Freiheit. Immer wieder zog er sie an sich und küsste sie. Ihren Mund, die Schläfe, ihren Hals und das Schlüsselbein. Mit geschickten Fingern löste sie den Verschluss seines Gürtels und zog ihm die Jeans samt Unterhose aus. Sie wollte das hier, ohne Wenn und Aber. Sie wollte Lucs Haut auf ihrer spüren, sich mit ihm vereinen.

Gemeinsam fielen sie auf das Bett und lachten. Er zog eine Spur von Küssen auf ihrem Oberkörper hinunter. Hielt an ihren Brüsten an, liebkoste sie eine ganze Weile, bis Giulia laut aufstöhnte. Sie war froh, dass das Haus einsam lag und sie niemand hören konnte. Es wäre ihr peinlich gewesen, wenn Anna davon Wind bekommen hätte, was sie hier trieben.

Luc angelte aus seiner Hose ein Kondompäckchen, riss es auf und war wenige Sekunden später wieder über ihr, drang behutsam in sie ein. Er war vorsichtig, nicht rabiat, und schnell fanden sie einen gemeinsamen Rhythmus. Sie bewegten sich wie eine Einheit. Noch nie hatte sich Giulia einem Menschen so nah gefühlt. Ihr Herz tat fast schmerzlich dabei weh, so sehr genoss sie dieses Liebesspiel.

»Du fühlst dich so gut an, cuore mio.« Er lächelte, und sein Blick war ganz verhangen, sie sah die Gier, die ihr galt. Selbst wenn das hier nur ein Mal geschehen sollte, würde es immer in ihren Erinnerungen bleiben. Sie würde Amanda berichten können, dass sie sich einen heißen Italiener geschnappt und eine wunderbare Nacht mit ihm verbracht hatte.

»Warum lächelst du?«, fragte Luc und hielt für einen Augenblick inne.

»Hör nicht auf«, forderte sie und schlang ihre Arme um seinen Hals, presste sich dichter an ihn.

»Das habe ich nicht vor.« Er nahm seine Bewegungen wieder auf und steigerte sie. Jede Regung von ihr schien er wahrzunehmen, schien ihm wichtig zu sein. Noch nie hatte sie sich so beachtet und geborgen gefühlt.

Als etwas Unerwartetes auf Giulia zudriftete, schloss sie kurz die Augen, um sich zu sammeln. Bunte Lichter leuchteten vor ihrem inneren Auge auf, und sie atmete hart aus. Als sie einen Schrei hörte, wurde ihr erst viel später klar, dass er aus ihrem Mund kam.

»Gott, Giulia!«, rief Luc, und es glich einem Knurren. Er kam ebenso schnell wie sie, und verbunden kosteten sie jede Sekunde dieser Gemeinsamkeit aus.

Eng umschlungen lagen sie im Bett, und langsam beruhigte sich ihre Atmung wieder.

»Ich brauche etwas zu trinken«, jammerte Giulia und lachte leise.

»Soll ich etwas aus dem Haus holen?«

»Nein, ich habe zumindest etwas Wasser unten im Kühlschrank«, murmelte sie.

»Ich hole uns schnell etwas.« Er erhob sich vom Bett und zog seine Short über.

Er kehrte mit zwei Flaschen zurück, reichte ihr eine und legte sich wieder zu ihr, zog sie in seine Arme.

»Das war wie … eine Urgewalt«, flüsterte Giulia mit geschlossenen Augen.

Dem konnte er nur zustimmen. »Ja, das war es.«

»Ich muss zugeben, dass ich dich wirklich mag«, erklärte Giulia aus einem Impuls heraus. Sie wollte, dass er wusste, dass sie mit ihm geschlafen hatte, weil sie es wollte, nicht nur, weil sich die Gelegenheit ergeben hatte. Sie seufzte.

»Was ist los?«, wollte er wissen.

»Ich weiß auch nicht. Ich glaube, ich mache mir einfach zu viele Gedanken. Ich möchte, dass du weißt, dass ich das hier ganz bewusst tue. Nicht einfach nur, weil es eine Gelegenheit ist oder ich Urlaub habe, oder ich mich genötigt fühlte, oder …«

Luc richtete sich auf und verschloss ihr den Mund mit einem Kuss. »Du machst dir wirklich zu viele Gedanken, Cucciolotta«, murmelte er und zog sie der Länge nach auf seinen Körper. »Du solltest dir lieber Gedanken darüber machen, ob ich genug Kondome eingesteckt habe.«

Er zwinkerte ihr zu.

Giulia lachte. »Keine Angst, zur Not nehmen wir meine.«

16

MAILAND,

APRIL 1945

Fabrizio reinigte sein Gewehr und reihte die Munition vor sich auf, um seinen Patronengürtel nachzufüllen. Nachdem es bis Anfang des Monats fast gespenstisch ruhig gewesen war, hatten die Alliierten ihren Marsch auf Norditalien aufgenommen. Sie waren sehr erfolgreich damit, überschritten den Po, und für diesen Tag war ein Aufstand der sozialistischen Partisanen geplant gewesen, denen Silvio und er sich angeschlossen hatten. Fabrizio sympathisierte nicht mit den Kommunisten, er war Sozialist. Doch seinen eigenen Krieg führte er gegen einen Mann, dem er den Tod von Ornella zuschob. Mussolini.

Obwohl sie gemeinsam versucht hatten, herauszubekommen, wer ihr Versteck in Rom verraten hatte, waren sie nicht damit weitergekommen. Die Mitglieder ihrer Partisanengruppe waren in alle Winde zerstreut worden. Sie lebten im Untergrund oder waren bereits gefallen. Dennoch hatten sie einen Sieg errungen, denn der faschistische Staatsapparat war so gut wie zerschlagen. Silvio hatte bei dem Aufstand einen Streifschuss abbekommen, den Fabrizio verbunden hatte. Die Aufständischen hatten gesiegt.

»Schalte bitte das Radio an«, bat Silvio, der auf einem

Feldbett in ihrem Versteck lag und Branntwein trank, als wäre es Wasser.

»Du solltest nicht so viel Alkohol trinken, das verdünnt dein Blut, und die Wunde hört nicht auf zu bluten«, erklärte ihm Fabrizio, tat ihm aber den Gefallen und schaltete das Radio ein.

»Meine Wunde brennt wie Feuer«, knurrte Silvio.

»Es ist ein Streifschuss. Ich musste noch nicht einmal eine Kugel herausholen, also stell dich nicht so an.«

Silvio schüttelte den Kopf. »Ich weiß nicht, was mit dir los ist. Seit du aus Castellaccio zurück bist, hast du eine Laune wie sieben Tage Regenwetter. Was ist nur los mit dir?«

Fabrizio knurrte etwas, was Silvio nicht verstand. Daher fragte er nach.

»Wegen meiner Schwester, und jetzt lass mich in Ruhe, ich dachte, du wolltest die Nachrichten hören.«

»… wie wir soeben erfahren, sind die Gespräche zwischen dem nicht kommunistischen Flügel der Resistenza und der Regierung gescheitert. SS-General Wolff hat sich mit Vertretern der Westmächte über eine Teilkapitulation der deutschen Truppen in Italien geeinigt. Mussolini soll Richtung Norden geflohen sein.« Der Sprecher der geheimen Nachrichtenstation, die nicht der Regierung unterstellt war, wiederholte den letzten Satz.

»Was? Das kann doch nicht wahr sein! Dieser Hundesohn macht sich einfach so aus dem Staub?« Fabrizio glaubte, seinen Ohren nicht trauen zu können.

»Lass ihn doch. Die Briten oder Amis werden ihn schon kriegen und dann aufhängen. Du wirst es erleben.«

»Ich wollte, ich könnte es selbst erledigen«, knurrte Fabrizio.

»Dadurch wird Ornella auch nicht wieder lebendig.«

Wie immer, wenn Silvio ihren Namen erwähnte, warf Fabrizio ihm einen vernichtenden Blick zu. Aber er hatte recht. Er würde sie nie wiedersehen. So schwor er sich, dass er niemals eine andere Frau auch nur anschauen würde. Er würde für immer allein bleiben, denn sie war die Frau, die das Leben für ihn vorbestimmt hatte.

»Die Rote Armee hat vor einigen Tage Berlin eingenommen«, drang es weiter aus dem Weltempfänger.

»Siehst du, nur noch wenige Tage und dieser verfluchte Krieg ist endlich vorbei.« Silvio seufzte auf. »Ich habe schon nicht mehr daran geglaubt. Was denkst du, was sie mit Hitler anstellen werden?«

»Sie werden ihn standesrechtlich erschießen, so wie es sich gehört. Wir können nur hoffen, dass er nicht auch wie ein Feigling einfach auf und davon ist wie Mussolini.«

»Was wirst du anstellen, wenn der Krieg vorbei ist?«, wollte Silvio wissen.

»Ich gehe zurück nach Castellaccio. Ich besitze dort ein Weingut und werde den besten Wein im ganzen Land herstellen. Hast du nicht Lust, mitzukommen?«

Silvio winkte ab. »Ich trinke zwar gerne Wein, aber ich will zurück nach Rom. Ich werde dort ein Restaurant eröffnen. Ich bin ein hervorragender Koch.«

»So? Das ist mir noch gar nicht aufgefallen«, meinte Fabrizio und lachte zum ersten Mal seit langer Zeit.

Die Nachricht, dass Mussolini nur drei Tage später von einer Partisanengruppe gefangengenommen worden war, überraschte Silvio und Fabrizio Ende April neunzehnhundertfünfundvierzig. So schnell hatten sie nicht damit gerechnet. Im Radio wurde verkündet, dass er noch am gleichen Abend zum Tode verurteilt und das Urteil sofort vollstreckt worden war.

Fabrizio fühlte sich unerklärlich leer. Seit Jahren hatte der Hass auf den Faschistenführer ihn am Leben erhalten, nun war dieser Geschichte. Die Alliierten hatten die Führung übernommen. Am zweiten Mai entschloss er sich daher, Mailand zu verlassen. Er verabschiedete sich von Silvio.

»Komm mich in Rom besuchen«, forderte dieser Fabrizio auf.

»Willst du mich mit deinem Essen vergiften?«, rief er ihm zu und winkte zum Abschied. Fabrizio war kein Freund großer Worte. Als er sein Motorrad startete, flatterte ihm eine Sonderausgabe einer amerikanischen Zeitung vor die Füße, die jemand achtlos weggeworfen hatte.

›HITLER DEAD‹ stand dort in dicken Buchstaben. Fabrizio bückte sich und hob die Zeitung auf. Er verstand nicht alles, was dort geschrieben war, aber so viel, dass Hitler nicht mehr am Leben war. Der Krieg war endgültig zu Ende. Dieses Kapitel seines Lebens war nun vorbei. Er zerknüllte die Zeitung und warf sie achtlos zur Seite, startete den Motor erneut und fuhr Richtung Süden. Sein Zuhause war das Ziel.

17

CASTELLACCIO,

SEPTEMBER 2018

Giulia saß am frühen Morgen auf der Terrasse und frühstückte mit Anna und den Angestellten des Weinguts. Heute sollten sie mit der Lese beginnen, zumindest für die Trauben, die sie selbst verarbeiten würden. Dabei fiel ihr auf, dass Luc ihr immer noch nicht die ganze Kellerei gezeigt hatte. Heute würde jede Hand gebraucht werden. Sogar Mario war gekommen und hatte noch einige Helfer aus dem Dorf mitgebracht.

Anna hatte ein fürstliches Frühstück hergerichtet, und Giulia fragte sich, wann sie wohl aufgestanden war, um das alles vorzubereiten.

»Wo ist denn Luc?«, fragte Mario, und alle Köpfe wanderten in Giulias Richtung.

Erschrocken sah sie zu Anna, in der Hoffnung, dass sie ihr helfen würde, aber auch Anna blickte sie fragend an.

»Keine Ahnung, vielleicht schläft er noch«, sagte sie, und ihre Wangen wurden rot.

»Er ist auf jeden Fall nicht in seinem Zimmer«, verriet jetzt auch noch Anna.

»Na, wenn er bei Giulia geschlafen hat, wird er sicherlich

zu spät kommen«, kommentierte Alessio die Frage. Er war die jüngere Ausgabe seines Vaters Mario und hatte das gleiche Lachen.

»Am ersten Tag zu spät kommen. Na, als Chef kann man es sich erlauben«, meinte Mario und trank einen großen Schluck Kaffee.

Giulia hoffte, dass Luc bald auftauchen würde, denn sie hatte keine Ahnung, was sie machen musste. Sie hatte Jeans und ein Shirt angezogen, dazu die festen Schuhe, die Luc ihr am Abend vorbeigebracht hatte. Sie hatte sich leise aus dem Haus geschlichen, weil sie ihn nicht wecken wollte. Er hatte so friedlich ausgesehen in ihrem Bett. Doch nun wünschte sie sich ihn an ihrer Seite, damit sie sich nicht allzu dumm anstellte.

Giulia langte kräftig zu, aß Brot mit Käse und eingelegten Oliven. Trank zwei Tassen Kaffee, um richtig wach zu werden. Sie hoffte, dass sie der körperlichen Arbeit gewachsen war, wo sie doch sonst fast nur hinter dem Schreibtisch saß. Aber sie freute sich auf die Bewegung und die Arbeit an der frischen Luft.

»Giulia, du solltest dir einen Hut besorgen, mit einer breiten Krempe, damit du keinen Sonnenbrand im Gesicht und Nacken bekommst. Die Sonne darf man auch im September nicht unterschätzen«, erklärte ihr Alessio. »Wir wollen doch nicht, dass du deine schöne Haut verbrennst.« Er flirtete mit ihr, doch sie ging nicht darauf ein, bedankte sich nur für den Hinweis.

»Komm gleich mit in die Küche, dort habe ich alles für dich«, rief Anna ihr zu.

Als das Frühstück beendet war, zogen die Männer los, um das Arbeitsmaterial zusammenzutragen, während Giulia zu Anna in die Küche ging. Sie reichte ihr einen breitkrempigen Strohhut und Sonnenmilch.

»Du musst deine Haut schützen, sonst schrumpelt sie, und du siehst bald so aus wie ich.«

Giulia lachte. »Du siehst wunderschön aus, Anna. Ich liebe Menschen, die in Würde altern. Ich halte nicht viel vom übertriebenen Körperkult.«

»Ich habe hier noch etwas für dich. Eine Winzerschere. Die brauchst du, um die Stauden abzutrennen. Sie ist frisch geschärft worden.« Anna reichte ihr die Schere, und man sah ihr an, dass sie ihr viel bedeutete.

»Vielen Dank. Ich werde auf sie achten und sie dir später zurückgeben.«

Anna winkte ab. »Ich bin zu alt, um in den Bergen herumzukriechen.«

»Aber du hast es gern getan, das sehe ich dir an«, bemerkte Giulia und wusch sich die Hände, nachdem sie ihre Arme und das Gesicht eingecremt hatte.

»Die Weinberge sind alles, was ich habe. Sie sind meine Freunde, meine Familie. Sie hüten meine Erinnerungen.«

Es war nicht das, was sie sagte, sondern wie sie es sagte, das Giulias Herz berührte. Sie nahm die kleine Frau in ihre Arme. »Danke, dass ich das alles hier erleben darf. Es zeigt mir eine ganz andere Sicht auf mein Leben, die mich zum Umdenken anregt.«

»Was meinst du damit?«, fragte Anna und blickte sie aufgeregt an. »Spielst du etwa mit dem Gedanken, hierzubleiben?«

Giulia schüttelte den Kopf. »Ich glaube nicht, dass das so einfach möglich ist, aber vielleicht werde ich das Haus nicht verkaufen und komme, wann immer es möglich ist, vorbei.«

»Hast du schon mit Luc darüber gesprochen?«

»Nein, noch nicht. Ich muss zugeben, ich bin im Augenblick ziemlich verwirrt und muss meine Gedanken erst einmal ordnen.«

Bedächtig nickte Anna und lächelte dann verschmitzt. »Ja, Luc ist ein echter Braga. Die sind bekannt dafür, dass sie die Gedanken durcheinanderwirbeln können.«

Mario nahm Giulia an die Hand und zeigte ihr, wie sie die reifen Trauben erntete.

»Du musst darauf achten, dass du nur die gesunden Trauben erntest. Die kranken Reben wandern in den anderen Topf. Alessio fährt den Anhänger, dort kippen wir die Trauben hinein.«

»Und wie schneide ich die einzelnen Reben ab?«, wollte Giulia wissen.

»Du brauchst erst einmal eine Winzerschere.«

Giulia zog das Gerät aus der Hintertasche ihrer Jeans. »Hier! Habe ich von Anna geborgt bekommen.«

»Sehr gut.« Mario hielt eine eigene Schere in der Hand und setzte sie an. »Schau, so schneidest du ab und fertig.«

»Okay, das bekomme ich hin«, meinte Giulia begeistert.

»Vergiss nicht, genug zu trinken. Es ist heiß, und du verlierst viel Schweiß. Ich denke, am Nachmittag wird ein Gewitter aufziehen, wenn ich mir den Himmel so ansehe.«

Giulia blickte hinauf, konnte aber nicht eine Wolke entdecken. Allerdings war das Blau dort oben etwas trüb. »Glaubst du? Es sieht doch gut aus.«

Mario lächelte wissend. »Warte es ab, Giulia. Ich bin nicht nur Notar und Bürgermeister, sondern auch der Wettergott.«

Sie lachten beide gut gelaunt.

Von Weitem sahen sie Luc auf sie zulaufen, der unter den Rufen der anderen Arbeiter in den Berg kam.

»Na, auch endlich aufgewacht?«, rief Alessio lachend.

»Hast du verschlafen?«, fragte Mario und feixte.

Lucs rechter Schuh war noch nicht richtig zugebunden, und sein hellblaues Hemd, das er über seinem weißen Unterhemd trug, war nicht zugeknöpft.

»Ich mache mich mal an die Arbeit.« Mario schnappte sich zwei Eimer und verschwand in einen der Gänge.

»Du bist ganz schön spät dran«, sagte Giulia leise und lächelte verschmitzt.

Luc gab ihr einen schnellen Kuss auf die Lippen. »Warum hast du mich nicht geweckt?«

»Ich wusste nicht, dass das zu meinen Aufgaben gehört.« Sie lachte auf, während sich Luc mürrisch zwei Eimer schnappte.

»Ich hätte dir gerne alles erklärt«, meinte er schlecht gelaunt.

»Hey, Mario hat das übernommen. Er ist ein guter Lehrmeister.«

Luc nickte. »Wie hast du geschlafen?«

»Sehr gut. Du scheinbar auch.«

»Wie ein Baby«, gab er zu.

»Du hast ein hervorragendes Frühstück verpasst. Ich glaube, ich werde dir bei der Herstellung des Käses mal über die Schulter schauen müssen. Er schmeckt wirklich grandios.« Giulia machte sich an die Arbeit.

»Wir müssen uns heute beeilen. Es wird wohl ab dem Nachmittag ein Gewitter geben«, sagte nun auch Luc.

»In Italien scheint es wohl eine Menge Wetterfrösche zu geben«, murmelte Giulia vor sich hin.

»Dann solltest du sie küssen, cara mia«, hörte sie dicht an ihrem Ohr, und als sie zur Seite sah, drückte Luc ihr erneut einen Kuss auf die Lippen.

»Hey, braucht ihr ein Zimmer?«, rief Alessio, der mit dem Traktor auf dem Weg an ihnen vorbeifuhr und lachend winkte.

»Danke, ich habe mehr als genug«, bekam er von Luc zur Antwort, der ihm böse hinterherblickte.

Giulia berührte seinen Arm. »Sei nicht so sauer. Die Leute können nichts dafür, dass du verschlafen hast.«

Er wusste wohl, dass sie recht hatte, auch wenn er es nur ungern zugab.

18

CASTELLACCIO,

SEPTEMBER 2018

Am Nachmittag zogen dunkle Wolken auf, die fast schwarz waren. Mario und Luc würden recht behalten, da kam ein Unwetter auf sie zu. Trotzdem wollte Giulia unbedingt die Reihe noch abernten. Es waren nur ungefähr fünf Rebstöcke übrig, das musste doch zu schaffen sein.

Sie hatte den Vormittag wie eine Verrückte geschuftet und spürte ihre Arme und Beine kaum noch. Das Ernten war wirklich ein Knochenjob, das musste Giulia zugeben. Kein Wunder, dass Luc über eine so hervorragende Kondition verfügte. Sie hingegen würde sich morgen vermutlich kaum rühren können vor Muskelkater. Aber es war ihr egal. Sie hatte eine Menge geerntet, und es war eine Tätigkeit, die ihr Spaß bereitete. Auch wenn die Sonne brannte, die frische Luft tat ihr gut, und sie fühlte sich frei.

Das erste Donnergrollen kündigte das Unheil an, doch Giulia achtete gar nicht darauf. Die Wolkenwand war noch weit entfernt. Doch als die ersten Regentropfen auf ihre Hände fielen, wurde ihr bewusst, wie nah das Gewitter bereits war. Schnell schnitt sie noch die letzten Reben ab, da begann es zu hageln.

»Was machst du denn noch hier?« Luc rannte auf sie zu.

»Ich wollte die Reihe unbedingt noch abernten«, rief sie gegen den Wind an, der rasch auffrischte.

»Was bist du? Eine besessene Winzerin?«, brüllte er wütend. »Das Gewitter kann jeden Augenblick losgehen. Es ist hier lebensgefährlich.« Er war sichtlich verärgert. »Los, komm, wir müssen zum Haus!«

Er nahm ihre Hand, und gemeinsam rannten sie los. Der erste Blitz erhellte den dunklen Himmel.

»Verdammt! Das ist der Grund, warum ich keine Gäste mehr auf dem Gut haben will. Ihr Städter erkennt einfach nicht die Gefahr, die das Land mit sich bringt.«

Giulia rutschte das Herz in die Hose. Sie wurden in nur wenigen Sekunden nass bis auf die Haut. Der Wind wehte so stark und wirbelte lose Blätter und Äste auf. Einer flog knapp an ihrem Kopf vorbei, ein anderer streifte sie. Laut schrie sie vor Schreck auf.

»Was ist los? Bleib doch nicht stehen!« Luc kehrte zurück, und ohne etwas zu sagen, ging er in die Hocke, warf sich Giulia einfach über die Schulter und rannte mit ihr Richtung Fabrizios Haus. »Wir schaffen es nicht bis zur Kellerei«, rief er.

Es dauerte keine Minute, da erreichten sie endlich das sichere Haus. Er stieß die Tür auf und stellte Giulia im Flur ab, warf die Tür hinter sich zu. Das Wetter peitschte wild gegen die Außenwand.

»Verdammt, Giulia! Hast du nicht gehört, dass Mario alle Arbeiter in die Kellerei gerufen hat?« Er strich sich das tropfend nasse Haar aus dem Gesicht.

»Doch, aber ich dachte, ich schaffe die Reihe noch, bevor das Unwetter beginnt«, entgegnete sie kleinlaut.

»Hast du wenigstens ein Handtuch für mich?«, knurrte er. Eine Pfütze bildete sich zu ihren Füßen.

»Natürlich. In der Küche liegen frische, die Anna mir mitgegeben hat.« Sie lief voran, reichte ihm eines und nahm sich selbst ein weiteres, wischte ihre Arme und das Gesicht ab. Den Sonnenhut hatte sie unterwegs verloren, dafür zog sie die Winzerschere aus der Hosentasche und wischte auch diese trocken. Sie blickte unsicher zu Luc, der sein Haar trocken rubbelte und sich dann einen Man Bun am Hinterkopf band.

»Es tut mir leid«, sagte sie leise. »Ich glaube, ich habe das Wetter unterschätzt.«

Luc sah sie an. »Du blutest.«

Er trat näher und betrachtete ihren Kopf.

»Ich glaube, ein Ast hat mich gestreift. Es ist nichts.« Sie wollte sich abwenden, weil es ihr peinlich war, dass sie sich jetzt auch noch eine Verletzung zugezogen hatte.

»Hey, warte mal. Ich will mir das genau ansehen.« Er hielt sie fest und schob ihr Haar zur Seite, das genauso feucht war wie seines.

»Schon gut. Ich werde nicht gleich daran sterben.« Sie hatte sich einfach nur dumm angestellt, und das nagte nun an ihr.

»Giulia, komm mal her.« Luc schloss seine Arme um sie. »Bitte entschuldige, ich habe es nicht so gemeint. Ich hatte nur Angst um dich. Ich glaube, ich hatte bisher noch nie so große Angst um einen Menschen.« Er blickte ihr tief in die Augen. Dann küsste er sie sanft. »Hast du ein Pflaster für deinen Kopf?«

Sie nickte. »Ja, oben im Bad.«

Sie wollte sich von ihm lösen, doch Luc war bereits auf dem Weg.

»Ich gehe schon«, rief er und rannte die Treppe hinauf.

Draußen herrschte Weltuntergangsstimmung. Der Sturm nahm immer mehr zu, und plötzlich krachte etwas gegen die Tür des Hintereingangs. Das Glas splitterte, und Giulia sprang erschrocken zurück, um nicht getroffen zu werden.

Es regnete herein, und Wasser sammelte sich auf dem Boden.

»Was ist geschehen?« Luc kam hektisch aus dem oberen Stock herunter.

»Die Tür ist kaputt. Einer der Sonnenstühle wurde vom Wind dagegengeschleudert. Wir müssen die Tür abdichten, es regnet herein.«

»Warte, ich schaue in der Vorratskammer nach, ob ich etwas finde.« Luc lief durch eine Tür in den angrenzenden Schuppen und kam kurze Zeit später mit einer Sperrholzplatte wieder. Er nagelte die Platte von außen in den unteren Bereich der zweigeteilten Tür, sodass jetzt kein Regen mehr eindringen konnte. In der Zwischenzeit versuchte Giulia, das Wasser auf dem Boden mit den Handtüchern aufzuwischen und sich nicht an den Glasscherben zu schneiden. Diese hatte sie bereits mit einem Handbesen aufgekehrt.

»Wo kommt nur all das Wasser her?«, jammerte sie.

»Schau dir das Wetter da draußen an«, meinte Luc und half ihr, die Handtücher auszuwringen.

Giulia trat zur Seite und fiel beinahe über eine lockere Bodenfliese, die sich verschoben hatte.

»Auch das noch. Jetzt löst sich auch noch der Boden auf«, rief sie nicht begeistert.

Luc sah sich das genauer an. »Die Fugen halten nicht. Eine Reihe von vier großen Fliesen hat sich gelöst.«

Er hob sie an und wischte das Wasser auf, das daruntergeflossen war. Zum Glück war es nicht viel, der kleine Hohlraum, der sich darunter gebildet hatte, war schnell trockengelegt. Auch weil dort etwas in Stoff gewickelt lag.

»Warum liegen dort Lumpen?«, fragte Giulia neugierig.

»Ich habe keine Ahnung.« Luc griff in den Hohlraum und holte etwas hervor. Es war nicht nur Stoff, sondern etwas darin eingewickelt. »Hier hat man etwas versteckt«, schlussfolgerte er und zog eine Art Brett heraus, das man erst in

Papier gewickelt, und dann mit Stoff umhüllt hatte. Vorsichtig legte er es auf dem Küchentisch ab.

»Was ist das?«, fragte Giulia überrascht und trat näher.

»Ich habe keine Ahnung. Wollen wir mal sehen.«

Luc löste ein Stück Schnur, das darum gewickelt war, und schlug die Ecken des Stoffes auseinander. Es sah aus wie eine Art Keilrahmen, und er drehte es um.

»Ein Bild.« Giulia schlug sich die Hand vor den Mund.

»Ja, ein sehr altes Gemälde sogar«, meinte Luc und nickte, pustete den Staub zur Seite.

»Luc, das ist ein ganz besonderes Gemälde. Es sieht aus wie ein Ausschnitt. Ich kenne ein Gemälde, auf dem die Madonna dieser hier sehr ähnlich ist.« Giulia holte ihr Handy hervor und scrollte durch das Internet. »Schau her, so sieht es aus.«

Luc betrachtete das Foto, das Giulia ihm herausgesucht hatte. »Madonna mit Heiligen … Teilausschnitt Maria mit Kind. Das ist doch genau das Gemälde, was hier vor uns liegt.«

»Ja, aber nicht ganz so detailreich. Es sieht aus, als gehörten noch weitere Stücke daran.«

Giulia nickte. »Ja, so sieht es aus. Es sind die gleichen Farben. Hast du eine Ahnung, wer es gemalt hat?«

Luc schüttelte den Kopf.

»Das ist ein Bild von Alessandro di Mariano Filipepi, du wirst ihn wohl besser unter dem Namen Botticelli kennen. Er hat ein Altarbild für die Familie Bardi gemalt. Es hing in der Florentiner Kirche *Santo Spirito.* Wie um alles in der Welt kommt dieses Bild hier in dieses Versteck?« Giulia fasste es nicht.

»Woher kennst du dich mit Kunst aus?«, wollte er wissen.

»Das ist ein Hobby von mir. Ich interessiere mich für die alten italienischen Meister. Niemals hätte ich erwartet, mal ein Original zu sehen.«

»Wenn es eines ist. Wir wissen es ja nicht. Vielleicht hat jemand sich daran versucht und es nachgemalt.«

Giulia schüttelte den Kopf. »Wenn es eine Nachbildung ist, warum sollte es jemand verstecken. So wie es aussieht, liegt das Bild hier schon eine ganze Weile.« Sie strich das Papier glatt, das um das Bild gewickelt gewesen war. Es war ein Zeitungsausschnitt. »Schau mal auf das Datum. Februar neunzehnhundertvierundvierzig. Das war im Zweiten Weltkrieg.«

»Vielleicht hat Fabrizio davon gesprochen, als er meinte, er könnte das Haus nicht verlassen, weil er es bewachen muss.« Luc sah sie entgeistert an. »Wenn das ein echter Botticelli ist, dann ist das ein Vermögen wert«, schlussfolgerte er.

»Hast du das gewusst? Wolltest du deshalb das Haus unbedingt kaufen, weil du wusstest, dass das Gemälde hier irgendwo versteckt ist?« Ohne es zu wollen, hatte Giulia einfach diesen Gedanken laut ausgesprochen, und je länger er im Raum stand, umso einleuchtender kam er ihr vor.

»Was? Nein, natürlich nicht. Wie kommst du auf diese Idee? Ich habe nichts davon gewusst. Wenn ich es gewusst hätte, dann würde ich ganz bestimmt nicht mehr hier stehen.«

»Vielleicht wusstest du nicht, wo du suchen sollst, und hast gehofft, dass Marta dich auf die Spur bringt, aber statt Nonna bin ich hier angekommen. Tja, da hast du wirklich Pech gehabt, dass die falsche Frau angereist ist.«

Fassungslos starrte Luc sie an. »So denkst du von mir?«, rief er aufgebracht. »Nach allem, was zwischen uns gewesen ist. Ich kann es nicht glauben. Was ist nur los mit dir?« Er umfasste ihre Schultern und schüttelte sie leicht. »Giulia, du glaubst wirklich, ich bin ein Mann, der dich hintergeht?«

»Ich weiß es nicht. Ich kenne dich kaum.«

»Du kennst mich zumindest so gut, um mit mir zu schlafen«, sagte Luc und sah sie gekränkt an. Dann drehte er sich einfach um und verließ mit schnellen Schritten das Haus, rannte in den Sturm hinaus.

Erst viel zu spät rannte sie ihm nach und rief seinen Namen, doch da war von ihm nichts mehr zu sehen. Wo war sie hier nur hineingeraten? Tränen rannen ihr die Wangen hinunter, und dafür war nicht der peitschende Regen verantwortlich.

19

CASTELLACCIO,

MAI 1945

Das Haus lag verlassen da, und die Sonne strahlte auf das Dach hinunter. Er konnte sich vorstellen, wie es in der Küche roch. Nach Gewürzen, Lavendel und Knoblauch. Er hatte den Geschmack von eingelegten Oliven auf den Lippen, roch das Brot, das seine Mutter damals ganz früh am Morgen gebacken hatte. Doch nichts würde mehr wie vorher sein. Der Krieg hatte alles verändert, selbst wenn er jetzt endlich beendet war. Hitler und Mussolini waren tot. Aber es würde andere geben, die die Führung übernehmen wollten. Doch das interessierte Fabrizio alles nicht mehr. Er wollte seinen eigenen Frieden. Hier auf dem Weingut. Er wollte den besten Wein der Gegend produzieren. Den Grund und Boden erweitern, eine Firma aufbauen, auf die er stolz sein konnte. Seine Schlachten mussten nun andere schlagen.

Er startete den Motor und fuhr langsam auf das Haus zu, das fast einen Kilometer von der Straße entfernt lag.

»Ciao Mario!«, rief er, als er den Jungen entdeckte, der zu der Familie gehörte, die das direkte Nachbargrundstück besaß. Er war fast zwanzig Jahre jünger als Fabrizio.

»Fabrizio! Du bist wieder da? Hast du schon gehört, der Krieg ist aus.« Er kam winkend auf ihn zugelaufen.

»Ja, das ist er, und wir wollen hoffen, dass es auch so bleibt. Grüß deine Eltern von mir.« Er winkte dem lachenden Jungen hinterher.

Als er das Motorrad vor dem Haus abstellte, kam Marta aus dem Haus gelaufen. Sie trug ein Gewehr bei sich.

Er hob abwehrend die Hände. »Ciao, Marta. Ich bin es nur. Stell das Gewehr wieder hinter die Tür.«

»Fabrizio!«, rief sie überrascht. »Du bist also wieder mal da?«

Er nickte und zündete sich eine Zigarette an. »Ja, das bin ich. Wie ich sehe, bist du auch noch da.«

Das Lächeln auf Martas Gesicht erlosch. Sie ging zurück ins Haus und schnitt weiter Kartoffeln für das Abendessen, das sie vorbereitete.

»Wo ist der Deutsche?«, wollte er wissen.

»Er heißt Gabriel und ist in den Hängen, zusammen mit Gino. Anna ist im Dorf, um Eier und Mehl zu kaufen. Man hat alle unsere Hühner geklaut. Keine Ahnung, in wessen Magen die jetzt verdauen.«

»Wird er dich heiraten?«, fragte Fabrizio und setzte sich in der Küche auf einen Stuhl.

»Wer sagt denn, dass ich ihn heiraten will?«, gab sie spitz zurück. »Ich bin eine erwachsene Frau, die weiß, was sie will. Ich brauche keinen Mann, der alles für mich entscheidet.« Sie goss ihm einen Becher Milch ein, weil sie wusste, wie gerne er sie trank.

»Dann bist du also noch mit diesem Deutschen zusammen?«

»Nenn ihn nicht immer so. Für mich ist er ein Mensch. Und ja, ich bin mit ihm zusammen. Und falls es dich interessiert, jetzt, da der Krieg vorbei ist, werden wir zusammen nach London gehen. Er wird dort studieren und Anwalt werden. Seine Familie ist reich, und Gabriel ist der einzige Sohn.«

»Ah, deshalb bist du mit ihm zusammen. Weil er reich ist. Vermutlich gehört seine Familie zu den Menschen, die ihren Profit aus dem Krieg gezogen haben.«

»Die Deutschen haben den Krieg verloren, falls dir das noch nicht aufgefallen ist. Wir sind alle Verlierer.«

»Pah! Was redest du für einen Unsinn.« Fabrizio erkannte seine Schwester nicht wieder. Wo war das kleine unschuldige Mädchen abgeblieben? Es war wohl irgendwo in den Kriegswirren verlorengegangen.

»Dein Entschluss steht also fest, dass du Italien verlassen wirst?« Fabrizio konnte nicht glauben, dass es ihr wirklich ernst damit war.

»Ja, Fabrizio, ich bin mir ganz sicher. Ich werde mit Gabriel gehen und ihn heiraten. Ich will seine Frau werden und seine Kinder bekommen. Aber nicht hier, wo er weder gemocht wird noch willkommen ist. Ich will nicht ein Leben lang zwischen meinem Mann und meinem Bruder stehen müssen. Und das würde ich, wenn wir hierbleiben, weil ich dich gut kenne, Fabrizio. Du wirst niemals über deinen Schatten springen können. Ich weiß nicht, was dir in diesem Krieg widerfahren ist. Doch ich wünsche dir, dass du deinen Frieden findest und ein glückliches Leben führen wirst. Nur wird dieses Leben ohne mich stattfinden.«

Fabrizio sah sie ungläubig an. Aber Marta hatte recht. Sie kannte ihn wirklich gut. Er nickte. »Du hast recht, ich kann wirklich nicht über meinen Schatten springen. Was hätte das auch für einen Sinn? Man ist, der man ist, und sollte sich nicht verbiegen. Wenn du gehen willst, dann geh, aber denke daran, wenn du durch diese Tür gehst, wirst du hier nicht mehr willkommen sein.«

Martas Züge verhärteten sich. Damit hatte sie wohl nicht gerechnet. Er wollte sie dazu bringen, dass sie nicht ging. Doch anscheinend packte er das ganz falsch an.

»Wenn das deine letzten Worte sind, prego. Ich hoffe, du

vergisst nicht, was unseren Eltern die Familie immer bedeutet hat. Gabriel hat sehr viel dazu beigetragen, dass das Gut weiterbetrieben wurde. Du bist ihm zu Dank verpflichtet, anstatt ihn zu verachten.«

»Keine Angst, das werde ich schon nicht vergessen. Besonders nicht, dass er mir meine Schwester nimmt«, knurrte Fabrizio wie ein wilder Stier.

»Dafür, mein Lieber, bist du ganz allein verantwortlich.«

Noch am selben Abend verließen Marta und Gabriel das Weingut und kehrten nie wieder zurück.

20

CASTELLACCIO,

SEPTEMBER 2018

Luc stürmte in die Küche, als wäre der Teufel hinter ihm her. Er war schon wieder triefend nass, und Anna warf ihm ein Handtuch zu.

»Wo hast du Giulia gelassen? Sie wird doch wohl nicht bei dem Gewitter draußen sein?« Anna blickte ihn skeptisch an, als würde sie ihm das zutrauen.

»Nein, natürlich nicht. Sie ist in ihrem Haus.«

»Was ist geschehen? Du siehst aus, als wäre dir ein Geist begegnet.«

So war es auch. Ein Geist aus der Vergangenheit war aufgetaucht, und er wusste nicht, wie er damit umgehen sollte. »Ich habe mich mit Giulia gestritten«, gab er zu, wischte den Regen ab und setzte sich zu Anna an den Tisch. Er schüttelte den Kopf. »Ich habe sie während des Gewitters in den Hügeln gefunden. Sie ist so leichtsinnig.«

»Sie ist eine Frau aus der Stadt. Du kannst nicht erwarten, dass sie sich mit dem Landleben auskennt.«

»Ich kann aber erwarten, dass sie über einen vernünftigen Menschenverstand verfügt.« Er war richtig wütend.

»Ich kann mir nicht vorstellen, dass du dich so echauffierst, nur weil Giulia das Wetter nicht richtig eingeschätzt hat.« Anna lehnte sich zurück, sah ihn skeptisch an. Er musste wohl endlich auf den Punkt kommen.

Luc sah sie eine Weile nachdenklich an, wusste nicht genau, wie er den Faden aufnehmen konnte. »Anna, ich habe eine Frage. Es geht um die Zeit, als du hier auf dem Gut angekommen bist. Du hast mir damals, als ich noch ein Kind war, eine Menge darüber erzählt, erinnerst du dich?«

»Natürlich erinnere ich mich«, sagte sie schon fast entrüstet.

»Siehst du, ich kann mich an deine Erzählungen nicht mehr so genau erinnern, vermutlich war ich damals noch zu klein.«

Anna nickte. »Ja, das könnte möglich sein. Was genau willst du wissen?«

»Woher kamst du, als du hier eintrafst?«

Anna seufzte, und er hoffte, dass er eine Antwort auf seine Frage erhalten würde.

»Du kannst dir sicherlich vorstellen, dass ich nicht gerne an diese dunkle Zeit zurückdenke. Vieles habe ich auch mittlerweile vergessen. Nicht weil ich es wollte, sondern weil mein Kopf nicht mehr so ganz funktioniert, wie er sollte. Aber zu deiner Frage: Bevor Fabrizio uns hierherbrachte, deinen Großvater und mich, haben wir beide in der Abtei Montecassino gelebt. Gino, dein Großvater, wollte Mönch werden. Er war ein sehr gläubiger Mensch, doch als die Abtei zerstört wurde, hatte er seinen Glauben fast gänzlich verloren. Du hast keine Vorstellung, wie wir dort bombardiert wurden. Die Alliierten ließen ohne Unterlass Spreng- und Brandbomben auf uns niederregnen. Fabrizio hat uns gerettet. Ich war damals noch fast ein Kind, gerade mal zehn Jahre alt. Ich hatte in der Küche gearbeitet, weil zu dieser Zeit dort eine Menge Menschen Schutz gesucht hatten. Fabrizio nahm uns mit nach Castellaccio. Wir sind hier angekommen und hiergeblieben. Das Weingut ist zu unserem Zuhause geworden.«

»Und weißt du, ob Fabrizio noch etwas anderes aus der Abtei gerettet hat? Ein Bild vielleicht. Ein kostbares Gemälde?«

»Ein Gemälde?«, fragte Anna und überlegte. »Nein, ich glaube nicht. Zu dieser Zeit lagerte eine große Menge an Kunstwertschätzen in der Abtei. Die Nazis haben alles auf Lastwagen verladen, bevor die Bombardierung begann. Es waren mindestens einhundert LKWs. Die Schätze sind in die Engelsburg nach Rom gebracht worden. Ich kann natürlich nicht sagen, ob Fabrizio nicht ein Gemälde an sich genommen hat. Wir sind ebenfalls mit einem Lastwagen bis zu diesem Dorf gereist. Ich weiß noch, er hatte einen Freund, der uns gefahren hat. Wie war noch sein Name? Simon … nein, Silvio, ja, so war sein Name.«

Luc konnte mit dem Namen nichts anfangen. Von einem Silvio hatte er noch nie gehört.

»Aber warum fragst du mich das alles, mein Junge?« Anna sah ihn zweifelnd an. Es war klar, dass das Gespräch nicht so einfach für sie war.

»Anna, ich habe etwas in Fabrizios Haus gefunden, nein, eigentlich haben Giulia und ich es gemeinsam entdeckt. Es scheint von großem Wert zu sein.«

»Ein Gemälde?«

Luc sah sie an. »Anna, du musst mir versprechen, kein Wort darüber zu verlieren. Es kann gefährlich sein, wenn jemand davon erfährt.«

Ein feines Lächeln huschte über Annas Gesicht. »Wenn ich etwas aus dieser dunklen Zeit gelernt habe, dann, wie man ein Geheimnis für sich behält.«

. . .

Giulia packte das Gemälde wieder ein. Sie wollte nicht, dass so etwas Wertvolles einfach bei ihr herumlag. Sie verpackte es, wie sie es vorgefunden hatten, und zog noch einen Bettbezug darüber, dann schob sie es unter das Bett im oberen Stock. Ihr war nicht wohl bei dieser Sache. Was sollte sie tun? Die Polizei rufen? Und wenn man behaupten würde, sie hätte davon gewusst, und würde sie festnehmen? Würde man ihr glauben, dass sie das Bild unter dem Fußboden gefunden hatten? Das war wirklich eine ungeheure Sache. Und konnte man der Polizei trauen? Wenn das ein Original war, war es unermesslich wertvoll.

Sollte sie Marta anrufen? Würde sie etwas wissen und endlich mit der Sprache herausrücken? Oder würde sie wieder auf stur schalten und sich in Schweigen hüllen?

Aus einem Impuls heraus nahm sie ihr Handy zur Hand und stellte eine Verbindung nach London her.

»Giulia, bist du das?« Es war Nonnas Stimme.

»Nonna! Ja, ich bin es.«

»Bist du noch in Castellaccio?«

»Ja, das bin ich. Aber ich werde nach Hause kommen.«

»Dann hast du das Haus also verkauft?«

»Nein, noch nicht. Ich habe mich entschlossen, es nicht zu verkaufen, Nonna. Und soll ich dir sagen, warum nicht?« Sie wartete die Antwort ihrer Großmutter erst gar nicht ab. »Ich habe es gefunden, Nonna. Ich habe das Gemälde gefunden. Warum hast du mir nichts davon erzählt?«, fragte sie ins Blaue hinein.

Am anderen Ende herrschte Totenstille. Es war diese Art von Stille, von der man wusste, dass sie gewollt herbeigeführt war. Es war noch nicht einmal ein kleines Seufzen oder ein Atmen zu hören.

»Wo hast du es gefunden?«, fragte Marta, und ihre Stimme klang plötzlich ganz klar, als wäre sie eine junge Frau.

»In der Küche … unter dem Boden.«

»Gut, dann denke ich, dass du weißt, was zu tun ist.«

Es klickte in der Leitung. »Nonna?«

Sie erhielt keine Antwort.

»Großmutter?«, fragte sie erneut, doch die Leitung war tot. Was hatte das denn nun wieder zu bedeuten?

21

CASTELLACCIO,

SEPTEMBER 2018

Am nächsten Morgen schien die Sonne vom Himmel, als hätte es den Sturm am letzten Abend nicht gegeben. Nur die losen Blätter und abgebrochenen Äste auf den Wegen zeugten davon, dass die Natur ihrer eigenen Gewalt unterstellt war.

Giulia frühstückte allein in ihrem Haus. Irgendjemand hatte den Kühlschrank aufgefüllt, und sie wusste, wer das veranlasst hatte. Sie ging hinaus auf den Hügel und setzte ihre Arbeit fort. Dort traf sie auf Mario.

»Guten Morgen, Principessa. Ich habe schon gehört, was gestern geschehen ist. Das hätte schlimm für dich ausgehen können, Mädchen. Du hättest sofort mit den anderen Arbeitern gehen müssen.«

Erleichtert atmete Giulia aus. Er sprach nur von dem Unwetter. »Ja, es war dumm von mir, und ich denke, Luc ist jetzt ziemlich sauer auf mich.«

»Der hat heute ganz andere Sorgen«, erzählte Mario und machte sich an die Arbeit.

So, hatte er das? Sie fragte sich, was Mario wusste. Würde Luc ihn ins Vertrauen ziehen? Wusste Mario von dem Gemälde?

»Ja, Pietro hat ihn gestern Abend angerufen und erklärt, dass er in Venedig bleiben wird. Seine Frau Silva stammt von dort, und sie will in der Nähe ihrer Eltern leben, und Pietro will sein Kunststudium wieder aufnehmen. Das heißt also, dass die beiden als Arbeitskräfte hier ausfallen und wir zwei neue Mitarbeiter suchen müssen.«

Leise atmete Giulia aus. Es ging also nicht um das, was sie zuerst vermutet hatte.

»Hallo Mario! Giulia!« Luc war zu ihnen getreten, ohne dass sie ihn vorher gesehen hatte. »Mario, ich habe zwei neue Mitarbeiter angefordert. Sie werden in den nächsten Tagen ankommen. Kümmerst du dich darum?« Er sah Mario an, beachtete Giulia gar nicht.

»Ich kann auch helfen«, sagte sie daher.

Überrascht drehte er sich zu ihr um. »Ich denke, du bist nicht lange genug hier, um als ernstzunehmende Aushilfe zu gelten.«

Sein eiskalter Blick schnitt ihr mitten ins Herz. Das tat so unendlich weh.

Das saß. Giulia schwankte einen Moment, dann hatte sie sich wieder im Griff. In diesem Moment wurde ihr klar, dass alles, was sie sich ausgemalt hatte, wie kleine Luftblasen zerplatzte. Sie würde niemals Käse selbst herstellen, weder Tick, Trick noch Track melken. Sie würde nie erfahren, wie man Wein richtig kelterte. Und vor allem würde sie kein Haus in der Toskana besitzen.

Sie nickte und blickte Mario an. »Gut. Da hat Luc sicherlich recht. Machst du bitte so schnell wie möglich den Kaufvertrag fertig. Ich werde alles an Luc verkaufen. Zu seinem Preis. Bitte beeile dich, ich muss noch heute Abend nach London fliegen.«

Mario fiel die Zigarre aus dem Mund, und er fing sie mit der Hand auf. Zum Glück war sie nicht angezündet.

»Noch heute?«, fragte Mario ungläubig.

»Ja«, gab sie knapp zurück.

»Aber warum denn, Principessa?« Mario wollte ihren Worten wohl nicht so recht Glauben schenken.

»Mein Freund wartet auf mich«, sagte sie, drückte Luc die Winzerschere in die Hand und schritt erhobenen Hauptes davon. Es war ihr egal, dass Luc wusste, dass es niemanden in ihrem Leben gab. Doch wer sagte, dass sie ihn nicht angelogen hatte?

Wütend betrat sie das Haus und stellte fest, dass das Glas an der Hintertür repariert und auch die Bodenplatten in der Küche neu verfugt waren. Vermutlich hatte Luc sich darum gekümmert, bevor noch jemand Fragen stellte. Sie ging ins Schlafzimmer, zog ihren Koffer vom Schrank und warf wahllos alles hinein. Es war doch egal, ob die teure Seidenbluse knitterte. Sie würde in London ohnehin alles in die Reinigung geben.

London!

Dieser Ort lag für sie im Augenblick so weit weg wie der Mond von der Erde. Sie würde sich anstrengen müssen, sich dort wieder einzufinden, obwohl sie noch nicht einmal eine Woche weg gewesen war. Castellaccio hatte sie als Chance gesehen. Als Chance für einen Neuanfang. Doch es war alles nur ein schöner Traum gewesen. Luc war kein Mann, der sich auf Kompromisse einließ, der bereit war, Risiken einzugehen, zumindest nicht mit ihr. Er hatte vermutlich nur mit ihr geschlafen, um günstig an diesen Grund und Boden zu kommen. Jetzt konnte er ihn haben. Sie würde sicherlich nicht dort bleiben, wo sie nicht erwünscht war. Und dass sie das nicht war, hatte er mit seinen Worten mehr als glaubwürdig bestätigt.

Sie hörte, wie die Tür sich unten öffnete. Warum konnte man dieses Haus eigentlich nicht abschließen? Schwere Schritte waren auf der Treppe zu hören, und Giulia hielt den Atem an, obwohl ihr klar war, wer da gerade heraufpolterte.

Luc blieb im Türrahmen stehen und sah auf den Koffer, dann zu ihr. »Du willst also wirklich einfach so gehen?«

Sie lachte freudlos. »Es ist doch das, was du willst. Das hast du gerade klar genug zum Ausdruck gebracht. Keine Angst, ich bleibe nicht länger, als es notwendig ist. Falls du dich um das Gemälde kümmern willst, ich habe es sorgfältig eingepackt, und es liegt hier unter dem Bett.«

»Du lässt das alles so hinter dir? Ich kann es nicht glauben.« Luc trat näher, stemmte die Hände in die Hüften, und dabei spannte sich schon wieder das Hemd über seiner breiten Brust. Das machte Giulia ganz nervös. Sie hielt einen BH in der Hand, wusste nicht wohin damit, warf ihn achtlos in den Koffer, verfehlte ihn aber, und er fiel zu Boden.

Luc beugte sich danach und drückte ihr den zarten Spitzenstoff in die Hand. Erneut warf sie ihn wütend in den Koffer. Zumindest traf sie diesmal.

»Trägst du so etwas, wenn du dich mit *deinem Freund* triffst?«, fragte er voller Sarkasmus.

»Darauf gebe ich dir keine Antwort«, sagte sie schnippisch.

»Ja, das denke ich mir, und ich kann dir auch sagen, warum du mir keine Antwort geben willst. Weil es keinen Freund gibt. Ich bin der Mann in deinem Leben, mit dem du geschlafen hast. Wenn du einen Freund hast, dann bin ich dieser Mann.« Er war ihr sehr nahe gekommen und funkelte sie wütend an.

»Du? Das wärst du wohl gern. Du bist nur eine … eine Episode in meinem Leben. Du bist ein schwacher Moment, den ich mir gegönnt habe.«

Sie hörte Lucs leises Grollen und wusste nicht, ob sie damit zu weit gegangen war.

»Ein schwacher Moment? Ist das dein Ernst? Wem willst du das erzählen?« Er sah sie vielsagend an. »Und das hier, ist das auch einer deiner schwachen Momente?«, fragte er und zog sie in seine Arme, küsste sie stürmisch.

22

CASTELLACCIO,

SEPTEMBER 2018

Luc strich ihr das brünette Haar, das sich so weich unter seinen Fingerspitzen anfühlte, aus dem Gesicht und blickte in ihre schimmernden grünen Augen.

»Ich will nicht, dass du gehst«, murmelte er und sah sie flehend an.

Giulia seufzte. »Weißt du, für eine Minute habe ich geglaubt, dass ich für immer hierbleiben könnte. Als hätte ich hier das gefunden, was ich mein Leben lang gesucht habe. Aber eben nur für einen kurzen Moment, dann hast du mir gezeigt, dass das alles nur ein schöner Traum war. Ich habe ein Leben, das nicht hier stattfindet. Man kann nicht so einfach alles ändern, selbst wenn man es gerne möchte.«

»Natürlich kann man das. Ich habe mich wie ein Idiot benommen. Es tut mir leid, bitte verzeih mir, cuore mio.« Er verteilte kleine Küsse auf ihre Mundwinkel. Luc war klar, das hier war die einzige Chance, die er bekam, um Giulia für sich zu gewinnen. Sein blöder Stolz hatte mal wieder fast alles zunichtegemacht. Er durfte sie nicht verlieren. Die Frage war nur, warum nicht?

Sie schloss die Augen, lehnte ihren Kopf an seine Brust.

»Mir tut es auch leid. Ich wollte dich nicht beschuldigen. Nur war ich so überrascht, als wir dieses Gemälde fanden, ich konnte gar nicht damit umgehen. Du musst mir verzeihen«, sagte sie leise, und etwas schwang in ihrer Stimme mit, das ihm zu verstehen gab, dass es zu spät war. Sie würde zurück nach London gehen und ihn verlassen.

»Giulia, bitte schau mich an.« Er wollte ihr Kinn anheben, doch sie schüttelte den Kopf, drehte sich aus der Umarmung.

»Ich kann nicht, Luc. Ich bringe den Mut nicht auf, alles zu ändern, selbst wenn ich es so sehr will.« Sie ging auf Abstand, trat an das Fenster.

»Giulia, bitte tu das nicht. Mach das zwischen uns nicht kaputt.«

Er sah, dass sie die Augen fest verschloss. Sie wollte weder ihn ansehen, noch diesen wunderschönen Ort, an dem sie sich befand und für den sie scheinbar mehr empfand, als sie sich eingestehen wollte. Er sah, wie eine Träne ihre Wange hinunterlief.

»Gut, Giulia. Ich werde dich in Ruhe lassen und nicht bedrängen. Es ändert aber nichts daran, dass ich dich liebe.«

So, nun war es endlich raus. Diese magischen drei Worte waren aus seinem Mund, und er war immer noch am Leben, der Blitz hatte ihn nicht getroffen, er war nicht in der Hölle gelandet. Dennoch wusste er, dass seine Worte nichts bewirken würden. Sie würde ihn verlassen, selbst wenn sie genauso fühlte wie er.

»Ich liebe dich, Giulia, und das wird sich nicht ändern, auch wenn du mich verlässt. Ich sage das nicht, um dich hier in Castellaccio zu halten. Doch eines solltest du wissen. Wenn du gehst, verliert für mich die Toskana ihr Lächeln.« Er wandte sich um, blieb am Türrahmen noch einmal stehen. »Mario wird um siebzehn Uhr den Vertrag zur Unterschrift vorbeibringen. Wir erwarten dich im Haupthaus.«

Sie nickte.

»Was wirst du wegen des Bildes unternehmen?«, flüsterte sie.

»Was wohl? Ich werde den Fund melden. Wenn es ein Original ist, dann fällt es unter die Beutekunst. Selbst wenn es Millionen wert ist, dürften wir es nicht behalten. Ich bin kein Dieb, also werde ich es zurückgeben.« Damit verließ er das Schlafzimmer, und es kam ihm so vor, als würde er eine Tür für immer zuschlagen.

»Doch, du bist ein Dieb, denn du hast mein Herz gestohlen«, murmelte Giulia. Allerdings hörte es niemand, denn Luc hatte das Haus schon vor einiger Zeit verlassen.

Sie brauchte dringend frische Luft, ging hinunter ins Erdgeschoss, betrat den Garten, der an das Haus anschloss, und sofort kamen Tick, Trick und Track auf sie zugelaufen. Sie ließ sich auf der Bank nieder, und postwendend sprang Track auf ihren Schoß.

»Na, meine Kleine. Ich habe gar nichts für euch dabei. Es tut mir leid. Wir müssen uns schon wieder verabschieden.« Sie kraulte der Ziege gedankenverloren das Fell. Warum war alles so kompliziert? Die Vorstellung, dass sie morgen wieder in London an ihrem Schreibtisch sitzen würde, war völlig surreal. Sie hatte ihren Job immer gerne gemacht, wenn auch nicht ihr Herz daran hing. Aber dieses Land hier, die Arbeit in den Weinbergen und die Menschen waren ihr in so kurzer Zeit ans Herz gewachsen. Konnte sich ein Leben so einfach, so schnell ändern?

Natürlich konnte es das. Ein Leben war nicht eine gerade Strecke, es gab Windungen, Kurven, Sackgassen und Überholspuren. Wer sagte denn, dass ein einmal gewählter Weg bis zum Ende gegangen werden musste? Man durfte doch Abzweigungen einschlagen, eine Abkürzung nehmen, oder auch mal einen Umweg. Jedoch kam es Giulia so vor, als wäre sie am Ende einer Sackgasse angelangt, wo es kein Weiterkommen gab. Sie musste ihren Koffer packen und umkehren, bevor sie für immer steckenblieb.

Track meckerte munter drauf los und machte keine Anstalten, sie in Ruhe zu lassen, während die beiden anderen Ziegen munter Gras fraßen.

»Du willst also auch nicht, dass ich gehe«, sprach Giulia auf das Tier ein. Track blickte sie an und meckerte erneut. »Du hast ja recht. Man muss sich den Hürden des Lebens stellen und darf nicht bei der ersten Sackgasse direkt umkehren.« Sie setzte die Ziege auf dem Boden ab. »Mach‘s gut, meine Kleine, und benimm dich.«

Pünktlich um siebzehn Uhr ging Giulia hinüber zum Haus. Sie fand Anna in der Küche, die bereits das Abendessen zubereitete.

»Es gibt heute Spaghetti mit Venusmuscheln«, verkündete sie. »Dazu Olivenbrot.« Sie knetete voller Kraft den Teig.

Giulia fragte sich, wo die kleine Frau diese Energie hernahm. Sie ging auf die neunzig zu. Es musste an diesem herrlichen Land liegen, das ihr so viel Kraft und Mut verschaffte.

»Anna, hast du es je bereut, hier zu leben?«, fragte Giulia leise und lehnte sich neben ihr an die Arbeitsplatte.

Anna stieß einen kleinen Laut aus. »Mio dio! Du meinst, ob ich je woanders hätte leben wollen? Nicht in tausend Jahren. Dieses Land gibt dir alles, was man zum Glücklichsein braucht. Wenn du einmal hier bist, willst du nie wieder fort. Es gibt keinen schöneren Ort als die Toskana. Wenn Gott sich entscheiden müsste, dann würde er in der Toskana leben, das kannst du mir glauben.« Anna wusch sich die Hände, nachdem sie das Brot zu vier Fladen geformt hatte. Sie trat auf Giulia zu und griff nach ihren Händen. »Du solltest das Haus behalten.«

»Warum?«, war das Einzige, was Giulia dazu einfiel.

Anna lachte. »Darauf gibt es nur eine logische Antwort. Luc, natürlich. Er hat sich verliebt, und du kannst mir glauben, ich kenne meinen Enkel besser als er sich selbst. Er hat sich zum ersten Mal in seinem Leben wirklich verliebt.«

23

CASTELLACCIO,

SEPTEMBER 2018

Als Giulia auf die Terrasse hinaustrat, saßen Luc und Mario bei einem Glas Wein. Mario hatte seine bekannte Zigarre in der Hand, rauchte aber nicht. Die Männer erhoben sich, als sie zu ihnen trat.

»Möchtest du ein Glas Wein?«, bot Luc an.

»Ja, gerne. Grazie.« Giulia ließ sich Luc gegenüber nieder. Sie hatte sich extra chic gemacht. Trug eine schwarze Marlene-Hose mit einem breiten Gürtel, von der sie wusste, dass dadurch ihre langen Beine besonders zur Geltung kamen.

»Wo hast du deinen Koffer?«, wollte er wissen.

Sie lächelte. »Der wartet im Haus auf mich.«

»Giulia, hier ist der Vertrag, im Grunde genommen habe ich nichts verändert«, erklärte Mario und schob ihr eine Kladde über den Tisch. »Der Kaufpreis wird mit Unterzeichnung fällig. Luc wird das Geld auf ein von dir benanntes Konto überweisen.«

Giulia nickte und nahm das Weinglas entgegen. Dabei berührte sie Lucs Finger und blickte ihn an. Sie konnte nicht sagen, was er dachte, sein Blick war ungewöhnlich neutral.

Ein Wagen war zu hören, der vor dem Haus hielt. Da die

Terrasse seitlich zum Eingang lag, konnte man durch die Büsche erkennen, dass es ein Taxi war.

»Hast du dir ein Taxi zum Flughafen bestellt? Was wird dann aus dem Mietwagen?«, fragte Luc überrascht.

Giulia schüttelte den Kopf. »Ich habe kein Taxi bestellt.«

Gemeinsam liefen sie den schmalen Weg entlang, um zum Eingang des Hauses zu gelangen.

Der Fahrer des Taxis half einer älteren Frau aus dem Wagen, die ganz in Schwarz gekleidet war.

»Nonna?«, rief Giulia vollkommen verwirrt. »Nonna! Was machst du hier?« Sie konnte es nicht fassen.

»Marta Roselly! Dass ich dich noch einmal wiedersehe, damit hätte ich nicht mehr gerechnet.« Mario fand als Erster die Sprache wieder, als Marta so überraschend vor den dreien stand. Er zog sie an seine breite Brust und drückte sie.

»Du hast zugenommen, mein Junge«, rief Marta und lachte.

»Das liegt daran, dass ich mir das Rauchen abgewöhnen will.«

»Nonna, ich fasse es nicht. Wie bist du hierhergekommen?« Giulia nahm ihre Großmutter in den Arm und küsste sie.

»Na, mit dem Flugzeug natürlich«, erklärte Marta, als wäre es das Selbstverständlichste der Welt.

»Aber du leidest unter großer Flugangst.« Giulia strich sich ihr Haar hinter das Ohr.

»Es kommt auf die Menge an Grappa an, die man vorher trinkt.« Marta lachte, während Mario half, das Gepäck aus dem Kofferraum zu hieven.

»Gino?«, fragte Marta leise und blickte Luc verständnislos an.

»Nein, Nonna, das ist doch Luc, Ginos Enkel. Du erinnerst dich?«, half Giulia ihr auf die Sprünge.

»Natürlich erinnere ich mich. Ich bin ja nicht senil. Luc, komm her und gib mir einen Kuss.«

»Ciao, Marta. Ich glaube, wir haben uns noch nie gesehen.« Er trat vor und nahm sie in die Arme, küsste ihre Wangen.

»Du bist groß und stark geworden. Du siehst deinem Großvater sehr ähnlich. Ich habe Bilder von dir gesehen, als du ein Kind warst.«

»Das sagt Anna auch immer«, bestätigte er mit einem Lächeln auf den Lippen.

»Anna? Wo ist sie? Ich will sie sofort sehen.«

»In der Küche. Komm, ich bringe dich hin.« Giulia stützte ihre Großmutter, die heute einen Stock zur Hilfe nahm. Das tat sie nur selten, doch sie bewegte sich recht langsam, was zeigte, wie sehr sie diese Reise anstrengte.

»Anna! Schau mal, wer dich besuchen kommt«, rief Giulia, um sie ein wenig vorzuwarnen.

Anna blickte von ihrer Tätigkeit auf und erstarrte. Sie schärfte ihren Blick, dann zeigte sie ein Lächeln. »Marta! Oh mein Gott, Marta! Du bist es wirklich.« Schnell wischte sie ihre Hände ab und kam um den Arbeitstisch herum. »Es ist ein Wunder.« Dann fielen sich die Frauen um den Hals. Sie wirkten wie zwei junge Mädchen, umarmten sich, als wollten sie sich nie wieder loslassen. »Ich habe nicht mehr daran geglaubt.«

Tränen der Freude sah Giulia auf Annas Gesicht.

»Ich auch nicht, Anna«, erklärte Marta mit erstickter Stimme.

»Wollen wir uns nicht in den Garten setzen?«, fragte Mario, der ihnen mit dem Koffer gefolgt war.

»Ja, natürlich. Möchtest du einen Kaffee trinken?« Anna wollte sich sofort an die Arbeit machen, doch Marta winkte ab.

»Nein, keinen Kaffee, aber ich hätte gerne ein Mineralwasser.« Marta ließ sich von Anna aus der Küche führen.

»Diese Engländer. Wer trinkt denn Minerale, wenn er Wein haben kann?«, murmelte Mario und folgte den beiden.

»Ich kümmere mich um die Getränke«, rief Luc.

»Ich helfe dir.« Giulia nahm zwei Gläser aus dem Schrank, hantierte in der Küche, als wäre sie bereits hier zu Hause. Luc, der Mineralwasser aus dem Kühlschrank geholt hatte, sah ihr dabei zu.

Schnell schnitt Giulia Zitronen in Scheiben, gab sie in einen Dekanter, und Luc füllte ihn mit dem Mineralwasser auf.

»Hast du gewusst, dass Marta dir folgen wird?«, fragte er.

»Nein, ich hatte keine Ahnung. Als ich zuletzt mit Nonna telefoniert habe, legte sie einfach auf. Ich hatte keinen Schimmer, dass sie ihre Angst überwinden und sich in einen Flieger begeben würde.«

»Eigentlich gibt es jetzt doch gar keinen Grund mehr für dich, nach London zurückzukehren.« Luc sah sie eindringlich an.

»Es gibt hundert Gründe, nach London zurückzukehren, aber nur einen, um hierzubleiben, und nur dieser zählt für mich«, sagte Giulia geheimnisvoll und ließ ihn einfach stehen.

Marta und Anna saßen nebeneinander und hielten sich bei den Händen. Es war so viel geschehen in all den Jahren, dass sie gar nicht wussten, wo sie anfangen sollten, zu erzählen. Sie waren einfach nur froh, sich zu sehen.

»Wir haben uns immer wieder geschrieben«, erklärte Marta. Eine Neuigkeit, die Giulia gar nicht wusste.

»Warum bist du hier?«, fragte nun Giulia, um Klarheit zu schaffen, denn sie war nicht die Einzige, die sich über das Auftauchen von Marta wunderte.

Marta nahm dankend das Glas Mineralwasser entgegen,

das Luc ihr reichte, und trank einen langen Schluck. »Danke, mein Junge, ich habe einen Durst wie eine Bergziege.«

Alle lachten, nur Giulia nicht. Sie kannte das schon. Ihre Großmutter machte gerne einen Scherz, um der eigentlichen Frage auszuweichen. Sie ließ Marta nicht aus den Augen. Luc hatte sich neben Giulia niedergelassen, während Mario am Kopfende saß und die Kladde mit dem Kaufvertrag weglegte, der immer noch nicht unterschrieben war.

»Ich bin gekommen, weil ihr das Bild gefunden habt«, sagte Marta mit leiser Stimme und blickte Luc an, der zustimmend nickte.

»Ähm, von welchem Bild ist hier die Sprache?«, fragte Mario und blickte in die Runde. Er war der Einzige, der nicht wusste, worum es sich handelte.

Sie sahen sich an, um gegenseitig zu prüfen, ob es richtig war, eine weitere Person einzuweihen. Doch obwohl Mario das Aussehen eines Paten hatte, war er eine integre Person und wurde von allen geachtet.

»Ein Gemälde«, begann Marta zu erzählen. »Fabrizio hatte es im Frühjahr neunzehnhundertvierundvierzig mitgebracht. An dem Tag, als er Anna und Gino hierherbrachte und ihnen bei dem Angriff der Alliierten auf die Abtei von Montecassino das Leben gerettet hatte. In der nächsten Nacht hat er das Bild unter dem Boden in der Küche eingemauert. Wie kommt es, dass es jetzt wieder ans Licht gekommen ist?« Marta blickte Giulia und Luc an.

»Ein Sturm. Der Regen drang in die Küche ein und hat die Fugen quasi aufgelöst«, erzählte Luc.

»Ist das Gemälde beschädigt?«, fragte sie vorsichtig nach.

Giulia schüttelte den Kopf. »Nein, Nonna. Es war in Stoff und Papier verpackt.«

»Das Gemälde ist noch original erhalten«, bestätigte Luc.

»Um was für ein Gemälde handelt es sich denn?« Mario zündete nun doch seine Zigarre an.

»Wolltest du nicht aufhören?«, fragte Marta lächelnd.

»Was ich hier zu hören bekomme, macht mich ganz nervös«, erwiderte er.

»Das Gemälde gehört zum Altarbild, das in der Florentiner Kirche *Santo Spirito* hing. Es wurde im Auftrag der Familie Bardi gefertigt. Der Maler ist Alessandro di Mariano Filipepi«, gab Giulia leise preis.

»Botticelli«, flüsterte Mario ehrfurchtsvoll. »*Der* Botticelli?«, fragte er ungläubig nach.

Alle nickten geheimnisvoll.

Mario blieb der Mund offenstehen, sodass die Zigarre in seinen Schoß fiel.

»Verdammt!«, rief er, sprang auf und schlug die Glut von seiner Hose.

»Stehst du in Flammen?«, fragte Anna und schüttete das Wasser aus ihrem Glas auf seine Hose.

»Na toll, ich brenne nicht nur, jetzt sehe ich auch noch aus, als hätte ich mir in die Hose gemacht«, brummte er und setzte sich wieder. »Ich kann nicht fassen, was ich hier höre. Wenn das stimmt, dann ist das Bild Millionen wert.«

»So sieht es aus. Du kennst doch den Museumsdirektor der Uffizien gut, kannst du Kontakt mit ihm aufnehmen?«, fragte Luc. »Wir müssen wissen, wie wir vorgehen, damit das Gemälde an die Eigentümer zurückgegeben wird. Es gilt immerhin als Beutekunst. Es zu behalten wäre gegen das Gesetz.«

»Klar, ich werde mit Eike Schmidt sprechen, er ist Deutscher und mit einer Italienerin verheiratet.«

»Wirklich? Das ist gut, denn der Rest des Altarbilds hängt in der Gemäldegalerie in Berlin.« Giulia hatte sich bereits schlaugemacht.

»Dann sind wir bei ihm an der richtigen Adresse«, meinte Marta und lehnte sich auf dem Stuhl zurück.

»Nonna, wenn wir schon mal dabei sind, die Karten auf

den Tisch zu legen, dann sage mir bitte, warum du dieses wunderbare Land verlassen hast.« Giulia hoffte nun endlich zu ihr durchzudringen.

Langsam nahm Marta einen Schluck Mineralwasser und nickte. »Natürlich, mein Kind. Du solltest die Wahrheit kennen. Ich musste gehen, es gab keinen anderen Ausweg, wenn ich nicht ein Leben lang zwischen meiner Familie und meinem Mann stehen wollte. Dein Großvater war ein deutscher Soldat. Er hatte sich unerlaubt von seiner Truppe entfernt. Er gehörte zu den Sanitätern. Er war nicht geschaffen für die Grauen des Krieges. Er ist desertiert, und ich habe ihn hier auf dem Gut versteckt. Wir haben uns verliebt, aber Fabrizio war so voller Hass auf alles, was mit den Deutschen zu tun hatte … Es war unmöglich, zu bleiben. Deshalb bin ich mit ihm gegangen. Wir haben kurze Zeit in Hamburg gelebt und sind dann gemeinsam nach London gegangen.« Sie starrte vor sich hin, als würde sie das alles noch einmal durchleben.

»Aber wie kommt es, dass Großvater Italiener war? Das passt doch nicht zusammen.« Giulia konnte das alles nicht so recht glauben.

»Ich habe ihm falsche Papiere besorgt und ihn als einen entfernten Verwandten ausgegeben. Ich hatte Angst, dass er als deutscher Soldat vielleicht vor das Kriegsgericht gestellt wird, dabei hatte er doch gar nichts verbrochen. Ich wollte ihn retten, und so haben wir ein Leben lang eine Lüge gelebt.« Marta blickte betroffen in die Runde.

Doch Anna schüttelte den Kopf. »Nein, Marta. Das war keine Lüge. Ich war damals zwar noch ein junges Mädchen, aber ich habe Gabriel kennengelernt. Er war ein aufrichtiger Mensch und hat dich geliebt. Und du hast ihm das Leben gerettet.« Sie blickte Giulia an. »Deine Großmutter ist der tapferste Mensch, der mir je begegnet ist. An dem Tag, als Gabriel bei uns Zuflucht suchte, kamen Soldaten auf den Hof, denn sie suchten nach ihm. Als sie meinen Gino in den Weinbergen fanden, wollten sie ihn erschießen, doch Marta hat sich ihnen in den Weg gestellt und gesagt, an diesem Tag werde hier niemand erschossen. Obwohl ich schon so alt bin, habe ich das mein Leben lang nicht vergessen. Sie hat meinem Gino das Leben gerettet, und dafür werde ich ihr immer dankbar sein.«

Anna nahm Martas Hand und drückte ihr einen Kuss darauf.

»Gracie, Marta«, flüsterte sie.

»Prego.« Marta lächelte. Sie sah müde aus, wie Giulia auffiel. Es war bestimmt ein langer Tag für sie.

»Möchtest du das Bild noch einmal sehen, Nonna?«, fragte Giulia.

»Später, mein Kind, ich würde mich gerne ein wenig ausruhen.«

»Natürlich. Möchtest du in Fabrizios Haus schlafen?«, erkundigte sich Luc.

»Wenn das möglich ist, würde ich mein Elternhaus gerne noch einmal sehen.« Sie erhob sich und verabschiedete sich von Mario und Anna.

Luc begleitete die beiden Frauen und brachte Martas Gepäck in das Haus.

Marta blieb vor dem Haus stehen und betrachtete es. Sie hatte lange gebraucht, den Kiesweg entlangzulaufen, war vorsichtig gegangen, hatte ihre Blicke wandern lassen. Allmählich versank die Sonne hinter den Horizont.

»Ist es nicht ein wunderschönes Stück Land?«, fragte sie an Giulia gewandt.

»Ja, Nonna. Du hattest recht, wann immer du mir von der Toskana erzählt hast und sagtest, es wäre das schönste Stück Land der Welt.«

»Und warum willst du dann zurück nach London?« Marta

sah sie tadelnd an. »Du solltest hierbleiben und einen Haufen Bambini bekommen.«

»Dazu brauche ich erst einmal einen Ehemann«, erklärte Giulia lachend.

»Na, den hast du doch schon.« Sie blickte Luc an und grinste.

Der legte einen Arm um Giulias Schultern. »Vielleicht kannst du sie überreden, in Castellaccio zu bleiben.«

»Du meinst wohl eher, dass sie bei dir bleiben soll, dann musst du dich wohl mehr ins Zeug legen, mein Lieber. Ich muss zugeben, du hast hier ein wunderschönes Anwesen geschaffen. Fabrizio war sicherlich sehr stolz auf dich.«

Luc nickte. »Ja, auch wenn er es selten gezeigt hat. Aber als Gino starb, hat er die Rolle meines Großvaters übernommen. Er war hart, aber gerecht.«

»Ja, das war er. Meist eher hart, aber immer gerecht. Obwohl, auch das nicht. Er hätte dich als Erben einsetzen müssen, Luc. Du hast das hier geschaffen und dich auch um sein Haus und seinen Grund und Boden gekümmert, dir steht es zu«, beharrte Marta.

»Ich gehöre aber nicht zur Familie«, gab er zu.

»Ach, wen interessiert das schon. Zeigt mir das Haus, ich habe nicht mehr viel Zeit«, murrte Marta.

»Das sagst du schon seit zwanzig Jahren, Nonna. Dafür hast du dir aber viel Zeit gelassen, um in das Haus deiner Kindheit zurückzukehren.« Giulia zwinkerte Luc zu, der lächelte.

»Ich bin genau zur richtigen Zeit gekommen, um hier zu sterben«, murmelte Marta und ging auf das Haus zu.

»Na, dann wollen wir hoffen, dass sie das nicht ernst meint«, flüsterte Luc und folgte Giulia und ihrer Großmutter mit dem Koffer.

24

CASTELLACCIO,

SEPTEMBER 2018

»Welches Zimmer möchtest du nehmen, Nonna?«, fragte Giulia, als sie das Wohnzimmer erreichten.

»Gibt es ein kleines hier im Erdgeschoss? Ich denke nicht, dass ich die Treppe noch schaffe.« Sie blickte die steile Holztreppe hinauf.

»Ja, natürlich, es war Fabrizios Zimmer«, erklärte Luc.

»Dann nehme ich das, Kinder.«

Luc brachte ihren Koffer hinein.

»Hast du denn keinen Hunger, Nonna?« Giulia ging in die angrenzende Küche.

»Ich habe im Flugzeug etwas gegessen. Ich bin erster Klasse geflogen, das Essen war sehr gut«, berichtete sie. Marta überraschte sie doch immer wieder. »Ich werde mich etwas hinlegen. Wirst du auch hier schlafen. Ich mag nicht allein im Haus sein.«

»Natürlich bleibe ich hier, Nonna.«

»Ich auch«, sagte Luc, und Giulia blickte ihn überrascht an, sagte aber nichts dazu.

Marta sah sich die Bilder auf dem Kaminsims an. »Da seid ihr beiden ja. Das Foto wurde aufgenommen, als deine

Mutter mit dir hier war. Schon damals habt ihr euch gut verstanden.«

»So wie heute«, meinte Luc zuversichtlich.

»Nur gut, dass ich mich daran gar nicht erinnern kann«, gab Giulia zu.

»Du warst noch klein. Das ist alles schon lange her.«

Sie betrachtete die weiteren Bilder, darunter eines von ihrem Bruder. »Fabrizio. Er war so ein schöner Mann. Es ist sehr schade, dass er nie geheiratet hat. Er hat seine große Liebe verloren. Der Krieg hat so viele Opfer gefordert, nur gut, dass wir in anderen Zeiten leben.« Sie wandte sich um und stützte sich schwer auf ihren Stock. »Gute Nacht. Schlaft gut, meine Kinder.«

»Gute Nacht, Nonna.« Giulia küsste ihre Wangen. »Du kommst alleine zurecht?«

»Ja, natürlich.«

»Gute Nacht, Marta. Schlaf gut.«

Marta nickte Luc zu und schloss die Tür hinter sich.

»Möchtest du etwas essen?«, fragte Luc.

Giulia schüttelte den Kopf. »Nein, ich werde mir ein Brot machen, ich will Marta hier nicht allein lassen.«

»Okay, warte einen Moment. Ich hole uns etwas. Anna hat sich viel Mühe mit dem Essen gegeben. Es ist bestimmt noch etwas da.«

»Ich setze mich auf die Terrasse«, rief Giulia ihm hinterher.

Es dauerte gar nicht lange, da kehrte er mit einem Picknickkorb zurück.

Giulia hatte schon Teller und Besteck auf dem Tisch verteilt. Luc stellte Wein, Gläser und eine Schüssel mit duftender Pasta und Brot auf dem Tisch ab. Er holte einen Teller, auf den er Olivenöl gab, und brach das Brot in Stücke.

»Du musst das Brot in das Öl tauchen«, erklärte er.

»Es riecht wundervoll.« Giulia liebte diesen Knoblauchgeruch und auch den der Venusmuscheln und gab je eine Portion auf die Teller.

Luc öffnete die Weinflasche und goss Wein in die Gläser. »Das ist der Gute.«

Giulia nahm einen Schluck und stöhnte leise auf. »Er schmeckt wirklich himmlisch. Wie teuer ist er?«, wollte sie wissen.

»Teuer«, gab er zu. »Von diesem Wein gibt es nur rund dreihundert Flaschen.«

»Wie teuer?«, fragte sie erneut nach.

»Rund vierhundert Euro die Flasche«, gab er zu.

Giulia pfiff leise durch die Zähne. »Da werde ich jeden Schluck genießen müssen.«

Sie probierte das Brot mit dem Öl und stöhnte wieder auf. »Mhm, das schmeckt ausgezeichnet. Lass mich raten, das Olivenöl hast du selbst gepresst.«

Lächelnd nickte Luc. »Wir ernten die Oliven mit der Hand. Es schmeckt aromatisch-kräftig, mit einer kleinen Edelbitternote. Es passt hervorragend zu Bruschetta mit Tomaten, Schwertfischcarpaccio, Pasta mit Salsiccia oder gereiftem Käse und natürlich zu frischem Brot.«

»Und es ist bestimmt auch nicht günstig«, ergänzte Giulia.

»Es kommt nicht darauf an, was eine Sache kostet, Giulia. Wichtig ist doch, was sie einem wert ist. Dieser Wein, zum Beispiel, wird mich immer an dich erinnern. Wie wir ihn zusammen getrunken haben, wie du ihn genossen hast. Wie du die Trauben für ihn geerntet hast. Das macht ihn für mich unbezahlbar.« Nachdenklich drehte er das Glas in der Hand. »Du hast noch nicht den Kaufvertrag unterzeichnet.«

»Es gab keine Gelegenheit«, antwortete sie und begann zu essen. Die Pasta schmeckte noch besser, als sie duftete. Nach dem Abendessen räumten sie gemeinsam den Tisch ab, und

Giulia zog eine Strickjacke über. Seit dem Sturm waren die Abende kühler geworden.

»Ich habe schon nicht mehr daran geglaubt, dass Nonna mir ihre Geschichte erzählt. Mein Großvater war also ein deutscher Soldat. Wer hätte das gedacht.«

»Ich glaube, dass die Herkunft nicht immer eine Rolle spielt. Wichtiger ist doch, was man aus seinem Leben macht, oder nicht?«

Giulia nickte. »Ich mache mir wirklich Gedanken um Nonna. Sie hat in den letzten Wochen erheblich abgebaut.«

»Sie hat ein gesegnetes Alter erreicht.«

Luc hatte recht. Sie hatte nur das Gefühl, als müsste sie sich auf etwas vorbereiten. Sie trank den Rest ihres Glases leer. Der Wein war zu wertvoll, um auch nur einen Tropfen zu vergeuden. »Ich gehe jetzt ins Bett, es war ein aufregender Tag.«

»Ist es dir recht, wenn ich gleich nachkomme?« Luc sah sie abwartend an.

Giulia nickte. »Ja, es ist mir recht. Ich schlafe nicht gerne alleine in einem Haus, in dem ein Gemälde im Wer von einer Million Euro unter dem Bett liegt.«

Luc schmunzelte und nahm ihre Hand. »Ich kann mir Schlimmeres vorstellen. Na, dann komm, ich werde dich beschützen.«

Leise stiegen sie die Stufen ins Obergeschoss hinauf. Auf dem Bett stand immer noch ihr Koffer. Verwundert blickte Luc sie an. »Du hast ja noch gar nicht gepackt.«

»Nein, warum sollte ich?«, fragte sie und hob den Koffer vom Bett, begann, sich auszuziehen.

»Sagtest du nicht, dass dein Koffer hier auf dich warten würde?«

»Tut er doch auch, nur halt nicht gepackt.«

»Wolltest du nicht heute noch nach London fliegen?« Luc kam das alles spanisch vor.

Giulia schüttelte den Kopf.

»Sag mir eines, wirst du den Kaufvertrag unterzeichnen?« Er ließ sich auf dem Bett nieder und zog sie zwischen seine Beine.

»Nein, das werde ich nicht, Luc. Ich werde dieses Haus nicht verkaufen. Auch wenn Mario mich verfluchen wird, weil ich ihn jetzt um eine schöne Provision bringe«, gab sie offen zu.

»Aha, und darf ich auch fragen, warum nicht?«

Giulia legte ihre Hände auf seinen Schultern ab, und er genoss die Wärme ihrer Haut. »Hast du das ernst gemeint, was du mir heute gesagt hast?«

»Was genau? Ich glaube, ich habe heute eine Menge gesagt.«

Sie lächelte, als er sich an ihrer Hose zu schaffen machte. »Du weißt genau, wovon ich spreche.«

»Du meinst, dass ich mich in dich verliebt habe?«, sagte er leise.

Mit den Händen fuhr sie ihm durch das lockige Haar. »Ja, genau davon spreche ich. War es ernst gemeint?«

»Ich habe es sehr ernst gemeint, vita mia. So ernst wie nur möglich.« Er blickte zu ihr auf. »Ich will nicht, dass du mich verlässt.«

»Ich verlasse dich nicht. Ich werde hierbleiben, Luc.«

»Warum?« Diese Frage musste er stellen, er musste sich ganz sicher sein. »Warum willst du nicht zurück nach London?«

»Weil alles, was ich liebe, hier in der Toskana ist. Castellaccio, das Weingut, Florenz, Anna, Tick, Trick und Track. Und du.«

»Du setzt Tick, Trick und Track vor meinen Namen?«, hakte er überrascht nach.

»Du weißt doch, das Beste kommt immer zum Schluss.« Dann beugte sie sich hinunter und gab ihm einen kleinen Kuss. »Ich liebe dich, Luc Braga, auch wenn du manchmal unausstehlich bist, und mürrisch und arrogant. Aber ich liebe dich, das kann ich nicht von der Hand weisen.«

»Und du bist sicher, dass du mich mehr liebst als Tick, Trick und Track?«, fragte er schelmisch.

»Bei Tick und Trick bin ich mir sicher. Bei Track muss ich noch mal überlegen, aber wenn ich genauer darüber nachdenke, dann ja, ich liebe dich mehr als alles andere auf der Welt.«

Luc zog sie auf seinen Schoß und küsste Giulia innig. »Das höre ich gerne, denn ich liebe dich auch und hätte vermutlich deinen Wagen sabotiert, den verfluchten Flughafen sperren lassen. Ich hätte alles getan, damit du das Land nicht verlässt.«

»Na, dann ist ja gut, dass ich hierbleiben werde.«

»Ich hoffe, du weißt, worauf du dich einlässt. So ein Weingut bringt eine Menge Arbeit mit sich.«

»Ich kann es nicht erwarten, endlich selber Käse herzustellen, von Anna zu lernen, wie man Brot backt, und von dir, wie man Vierhundert-Euro-Wein keltert. Nur auf den Muskelkater werde ich gerne verzichten.«

»Der geht vorbei, amore mio.« Er küsste ihre Wange, ihr Ohr und ihre Schläfe. »Ich werde es kaum erwarten können, dir das alles beizubringen.«

Abrupt stand sie auf. »Warte mal.«

Sie kniete sich hin und suchte etwas unter dem Bett.

»Oh Gott! Luc! Es ist weg! Das Bild ist weg!«, rief sie aufgeregt und tauchte unter dem Bett wieder hervor.

»Komm ins Bett und mach nicht so ein Theater«, sagte er und zog sich schnell aus.

»Aber Luc, du kannst doch jetzt nicht schlafen wollen.« Giulia war völlig außer sich.

»Doch natürlich. Das Gemälde liegt im Haupthaus in meinem Tresor. Du glaubst doch nicht, dass ich es einfach so hier unter dem Bett liegen lasse.«

»Mio dio! Ich dachte schon, es wäre gestohlen worden.« Erleichtert atmete sie aus und legte sich zu Luc.

»Ich habe dir schon einmal gesagt, dass ich kein Dieb bin.« Er zog sie in seine Arme.

Giulia verschränkte ihre Finger mit seinen. »Doch, das bist du. Du hast schließlich mein Herz gestohlen.«

Luc brummte zufrieden. »Ja das stimmt. Und es ist eines der Dinge, die ich nie wieder hergeben werde.«

Dann verschloss er ihren Mund mit einem bittersüßen Kuss, der keine Zweifel an seinen Worten aufkommen ließ.

25

CASTELLACCIO,

SEPTEMBER 2018

Schon früh am Morgen erwachte Giulia. Es gab viel zu erledigen. Zuerst einmal musste sie mit Amanda telefonieren. Sie würde bestimmt nicht begeistert sein, wenn sie hörte, dass Giulia in Zukunft in Italien leben wollte. Vielleicht würde sie einen Käufer für die Anteile an ihrer Firma finden. Dann musste sie ihre Wohnung auflösen. Es gab so viel zu bedenken, doch das war alles nicht mehr wichtig. Luc liebte sie, und sie würde in Castellaccio bleiben. Was für ein wundervoller Gedanke.

Leise stand sie auf und wollte ein schönes Frühstück zaubern. Es war Sonntag, und sie wusste nicht, ob Luc auch heute in die Weinberge gehen würde. Sie wollte ihn zumindest noch etwas schlafen lassen.

Sie duschte kurz, zog sich an und band ihre Haare zu einem Zopf. Als sie ins Erdgeschoss hinunterkam, stand die Tür zu dem Zimmer offen, in dem Marta übernachtet hatte. War sie schon aufgestanden? Vermutlich hatte sie nicht besonders gut geschlafen. Giulia konnte sich vorstellen, dass die alten Geister Marta bestimmt beschäftigt hatten.

Sie öffnete die Tür in den Garten, um frische Luft hereinzulassen, und sah einen Schatten. In einem der Stühle saß Marta. »Hallo Nonna. Hast du gut geschlafen?«

Giulia ließ sich auf dem Stuhl daneben nieder und blickte ihre Großmutter an.

Marta hatte die Augen geschlossen. War sie eingeschlafen?

»Wie lange sitzt du schon hier?«, fragte Giulia, erhielt aber keine Antwort. Panik stieg in ihr auf. Sie griff nach ihren Händen, die eiskalt waren. Erschrocken zog sie ihre Hand zurück. Dann versuchte sie, einen Puls zu erfühlen, fand aber keinen. Martas Gesicht war so weiß wie die Wand. Der Kopf ihrer Großmutter fiel langsam zur Seite auf eine sehr unnatürliche Weise.

»Nonna? Nein, bitte nicht!« Tränen der Verzweiflung traten in Giulias Augen. Sie hatte schon einige Tote erlebt. Ihre Mutter, ihren Vater und ihren Großvater. Sie alle waren von ihr gegangen, und nun auch Nonna. »Du kannst mich doch nicht einfach hier alleinlassen.«

Ein Geräusch an der Tür ließ sie aufblicken.

»Was ist los?«, fragte Luc, der sich das Hemd überzog.

Giulia weinte hemmungslos und deutete auf Marta. »Nonna … sie ist gestorben.«

Luc versuchte ebenfalls einen Puls zu finden, doch auch er musste feststellen, dass Marta gegangen war.

Giulia schluchzte. »Sie ist hier draußen ganz allein gestorben. Wer weiß, wie lange sie hier gesessen hat.«

»Bitte beruhige dich, cuore mio. Sie ist dort gestorben, wo sie geboren wurde. Sie ist nach Hause gekommen, Giulia. Lass sie in Frieden gehen. Sie hat es sich so gewünscht.« Er zog sie in seine Arme, versuchte sie zu trösten.

Hilflos stand sie da und konnte sich nicht bewegen, holte nur schluchzend Atem. Langsam nickte Giulia. Ja, Luc hatte mit allem recht. Sie liebte ihn dafür, dass er in dieser Situation einen kühlen Kopf bewahrte, während sie völlig die Haltung verlor.

»Ich werde den Dottore anrufen und den Bestatter. Sie werden sich um alles kümmern. Wir werden Marta neben Fabrizio beerdigen. Glaubst du, das wäre ihr Wunsch gewesen?« Er reichte ihr ein Taschentuch, das er aus der Hosentasche zog.

»Ja, ich glaube, deshalb ist sie zurück nach Castellaccio gekommen. Sie wollte nach Hause, um für immer hierzubleiben. Meinst du nicht auch?« Sie blickte Luc fragend an.

»Ja, cara mia, deshalb ist sie zurückgekommen. Nun ist sie dort, wo sie hingehört. Sie wird für immer bleiben, zusammen mit dir.« Er küsste ihre Schläfe und schloss sie fest in seine Arme. Der erdige Duft, den Giulia aufnahm, sagte ihr, dass sie ihr Zuhause gefunden hatte.

EPILOG

FLORENZ, DEZEMBER 2018

Das Wasser war angenehm warm, und es sprudelte unaufhörlich. Kleine Blasen stiegen auf und massierten ihren geschundenen Leib.

Sie stöhnte auf. »Ich glaube, mein Körper wird sich nie wieder erholen.«

Luc stieg zu ihr in die Wanne und setzte sich hinter sie, zog sie in seine Arme. »Du wirst dich schon mit der Zeit daran gewöhnen. Die Ernte ist beendet, jetzt kannst du regenerieren.«

»Ja, für eine Woche hier in Florenz. Ich kann nicht fassen, dass du diese Suite für eine ganze Woche gemietet hast.«

»Du wolltest doch unbedingt den Jacuzzi ausprobieren. Jetzt hast du die Gelegenheit dazu, und das eine ganze Woche lang.« Er fuhr mit den Fingerspitzen ihre Oberarme entlang.

»Aber wenn wir wieder zu Hause sind, werde ich neuen Käse ansetzen. Ich muss unbedingt Amanda welchen zu Weihnachten schicken. Wir sollten eine Kiste Wein dazulegen, von dem guten. Vielleicht spricht sie dann wieder mit mir? Nachdem ich sie so schamlos habe sitzen lassen, wie sie sagte, wäre ich ihr etwas schuldig.«

»Du solltest sie vielleicht auf das Weingut einladen«, schlug er vor.

»Ist das dein Ernst? Das wäre wirklich eine gute Idee, wo sie ihre Verlobung gelöst hat, wäre ein Tapetenwechsel bestimmt eine fabelhafte Sache.«

»Warum hat sie sie gelöst?«

»Der Klassiker. Er ist fremdgegangen. Ein Glück, dass sie das vor der Hochzeit herausgefunden hat. Es tut mir sehr leid, Amanda ist eine tolle Frau.«

»Nun, wenn du sie einlädst, vielleicht verliert sie ja auch ihr Herz an die Toskana. Das wäre doch einen Versuch wert.«

Giulia lachte auf. »Wenn wir so weitermachen, wird London bald leergefegt sein. Dabei will ich dieses Geheimnis lieber für mich behalten.«

»Welches Geheimnis denn?« Luc drehte sie zu sich herum.

»Dass die Toskana der schönste Fleck auf dieser Erde ist.«

»Ich glaube, dieses Geheimnis ist schon längst bekannt, wenn man sich die Touristenströme ansieht, die jedes Jahr über uns hereinbrechen.«

»Sollen sie nur kommen, dann werde ich dich vielleicht doch noch rumkriegen, dass wir Fabrizios Haus zu Gästezimmern umbauen. Dass Menschen ihren Urlaub damit verbringen, bei der Ernte zu helfen, wird immer beliebter. Wir sollten den Zug nicht verpassen.«

»Wie könnte ich deinen wunderbaren Ideen nur widersprechen. Wie du siehst, bin ich dir hoffnungslos ausgeliefert.« Er berührte ihre Nase und hinterließ dort einen Wassertropfen.

»Dann bist du also einverstanden?« Und bevor er noch etwas sagen konnte, küsste sie ihn stürmisch. »Danke, Luc. Du wirst es nicht bereuen.«

»Stell dir vor, vielleicht finden wir noch andere Schätze,

wenn wir Mauern einbrechen und Böden aufreißen. Wer weiß, was Fabrizio noch so alles in diesem Haus versteckt hat. Oh, das wird ein richtiges Abenteuer. Ich bin dir so dankbar, mein Liebling.«

»Wie könnte ich meiner zukünftigen Frau etwas abschlagen?«, fragte er geheimnisvoll und reichte ihr eines der Gläser, die er dort vorher abgestellt hatte.

»Wie bitte?« Giulia war sich nicht sicher, ob sie ihn richtig verstanden hatte. »Hast du gerade ›zukünftige Frau‹ gesagt?«

»Willst du nicht mit mir anstoßen? Natürlich nur unter der Voraussetzung, dass du meinen Antrag auch annimmst.«

»Was? Das soll etwa ein Antrag gewesen sein? Luc Braga, so etwas bekommst auch nur du hin.«

»Was genau?«, wollte er wissen.

»Eine Feststellung wie eine Frage klingen zu lassen.«

»Also nimmst du meinen Antrag an?« Er klang gelassen, doch seine Augen zeigten seine Unsicherheit.

Sie wollte ihn nicht länger zappeln lassen und nickte langsam. »Ja, natürlich nehme ich deinen Antrag an.«

»Ein Glück, und ich hatte schon Angst, du würdest Nein sagen, und ich hätte ganz umsonst den Ring in den teuren Champagner geworfen.«

»Was?« Giulia blickte in das Glas und entdeckte am Boden einen Ring. Mit zwei Fingern fischte sie ihn heraus und tauchte ihn kurz ins Wasser, dann trocknete sie ihn an einem Handtuch ab. »Oh, mein Gott, ist der schön.« Der goldene Reif trug einen kleinen Diamanten in der Mitte, der rautenförmig geschliffen war.

Er nahm ihr das Schmuckstück ab und schob es ihr über den Ringfinger.

»Der hat bestimmt ein Vermögen gekostet.« Verlegenheit machte sich in Giulia breit.

»Ich habe ihn von dem Finderlohn bezahlt, den Mario für

uns herausgeschlagen hat, nachdem wir den Botticelli an das Museum ausgehändigt haben.«

»Wir haben einen Finderlohn erhalten?«, fragte Giulia überrascht.

»Ja, das haben wir.«

»Aber den hätten wir nicht annehmen dürfen.« Sie blickte ihn erzürnt an.

»Woher wusste ich, dass du das sagen würdest? Deshalb habe ich das Geld in etwas gesteckt, wovon wir beide etwas haben. Du bekommst einen Ring und ich eine Ehefrau. Ich finde, das Geld ist gut investiert. Und es ist sogar noch etwas übrig, damit wir Fabrizios Haus umbauen können.«

Giulia musterte ihn skeptisch. »Das hier ist jetzt kein Versuch, mich hinters Licht zu führen?«

»Wie kommst du nur auf diese Idee, cara mia?«

»Hat Mario eine Provision erhalten?«, fragte sie skeptisch nach.

Luc nickte grinsend. »Natürlich hat er die erhalten. Er ist doch ein waschechter Italiener. Er weiß, wie man ein Geschäft abwickelt.«

»Wirst du bei unserer Hochzeit auch so schön Gitarre spielen und singen, wie du es bei deinem Bruder getan hast? Ich glaube, ich habe mich bereits in diesem Augenblick in dich verliebt.«

Luc lächelte geheimnisvoll. »Heirate mich, und du wirst es erfahren.«

Er küsste sie liebevoll.

Sie schlang die Arme um seinen Hals und flüsterte an seinen Lippen: »Dann werde ich wohl ein Risiko eingehen müssen. Wie schon meine Freundin Amanda immer sagt: Den Italienern ist nicht zu trauen … Man muss sie einfach nur lieben.«

The Chronicle

SENSATIONSFUND
IN DER TOSKANA

Auf einem Weingut in Castellaccio bei Livorno in der Toskana wurde ein lang vermisstes Gemälde des italienischen Malers Botticelli gefunden. Der als Beutekunst geltende Fund wurde nach genauer Untersuchtung als echt befunden.

Lesen Sie weiter auf Seite 5 ...

DANKSAGUNG

Ich danke allen, die mir geholfen haben, dass dieses Buch das Licht der Welt erblickt. Angefangen vom Zeilenfluss Verlag, der so mutig ist, das Risiko mit mir einzugehen. Ganz besonders hier Jasmin Mair. Danke für die liebevolle Betreuung und das kritische Auge, ich freue mich auf unsere weitere Zusammenarbeit. Ebenso möchte ich hier Elfriede und Jupp B. danken, die mir eine wundervolle wahre Geschichte erzählt haben, die mich zu diesem Roman inspiriert hat. Danke an Wolkenart und an Marie für das wunderschöne Cover, das so herrlich zu diesem Roman passt. Und natürlich gibt es noch meine restlichen wundervollen Kinder, die ich an den Schluss setze, weil sie mir die Wichtigsten sind. Ihr ertragt all meine Romanideen mit unerschöpflicher Geduld. Danke für Euer Interesse an meiner Arbeit, danke für Eure Liebe. Wie man sagt, das Beste kommt immer zum Schluss.

Eure Kajsa Arnold

ÜBER DIE AUTORIN

Kajsa Arnold ist seit 2010 hauptberuflich Autorin. Ihr Motto ist: Schreiben ist wie atmen. Geboren wurde sie in den Sweet Sixties in Essen. Bisher hat sie mehr als 200 Bücher in verschiedenen Genres veröffentlicht. Mit Vorliebe schreibt sie zeitgenössische Liebesromane, historische Romane, und New Adult. Zu ihren Hobbys gehören neben dem Schreiben, das Fotografieren, Kino, Handarbeiten, und ohne Musik geht nichts. Sie liebt Paris und Rom. Mittlerweile lebt ich mit ihren sechs Kindern und Hund im Westmünsterland, und träumt von einem Haus am Meer.